김종철 감독과 함께 떠나는 이스라엘 박물관 이야기

# 진짜 보물은 박물관에 있다

| | |
|---|---|
| 초판 1쇄 발행 | 2012. 6. 4. |
| 지은이 | 김종철 |
| 펴낸이 | 방주석 |
| 영업책임 | 곽기태 |
| 편집책임 | 방미예 |
| 디자인 | the 사랑 |
| 펴낸곳 | 베드로서원 |
| 주소 | (110-740) 서울 종로구 연지동 136-56 기독교연합회관 1309호 |
| 전화 \| 팩스 | 02)333-7316 \| 02)333-7317 |
| 이메일 | peterhouse@paran.com |
| 홈페이지 | www.peterhouse.co.kr |
| 창립일 \| 출판등록 | 1988년 6월 3일 \| 2010년 1월 18일(제59호) |
| ISBN | 978-89-7419-309-6 03810 |
| 책값 | 뒤표지에 있습니다. |

베드로서원은 말씀과 성령 안에서 기도로 시작하며
영혼이 풍요로워지는 책을 만드는 데 힘쓰고 있으며
문서선교사역의 현장에서 세계화의 비전을 넓혀가겠습니다.

✝

나의 힘이신 여호와여 내가 주를 사랑하나이다(시 18:1)

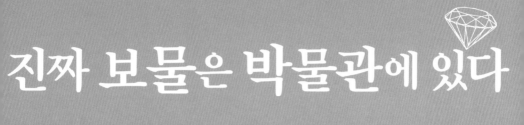

# 진짜 보물은 박물관에 있다

김종철 지음

베드로서원

# C O N T

# ENTS

# 진짜 보물은 박물관에 있다

이스라엘을 설명하는 여러 가지 통계 중에 재미있는 것이 있다. 이스라엘은 전 세계 국가들 중에서 인구비례에 비해 박물관이 가장 많이 있다는 것이다. 우리나라의 경상남북도 정도 면적밖에 되지 않는 나라에 박물관이 무려 3백여 개가 있다면 믿을 수 있을까? 이스라엘에는 전국에 걸쳐 크고 작은 박물관이 참 많이 있다. 과연 박물관의 나라라고 할 수 있을만하다.

5천 년의 역사를 지닌 나라이다 보니 오래된 유적지에서 발굴된 유물들을 전시해 놓은 고고학 박물관이 당연히 많지만 그것만 있는 것이 아니다. 박물관의 테마와 전시방법 그리고 전시이벤트도 매우 다양하고 다채롭다. 창의력이 뛰어난 민족답게 온갖 아이디어와 첨단 기술로 전시물을 설명하는 박물관은 절대로 지루하거나 고리타분한 곳이 아니다. 엄숙한 역사의 현장을 그대로 보존하며 역사를 상기시켜 주는 곳이 있는가 하면, 어떤 곳은 어떤 엔터테인먼트 못지않은 흥미를 준다.

우선 예루살렘 한복판에 있는 이스라엘 박물관에는 2천 년 전 예루살렘의 모습을 50분의 1로 축소해 놓은 대형 미니어처가 완벽하게 재구성되어 있다. 그곳에는 예수님께서 장사꾼들의 좌판을 뒤엎으며 분노했던 성전의 모습뿐 아니라 실로암 연못과 골고다 언덕도 그대로 재현되어 있다.

텔아비브의 디아스포라 박물관에는 AD70년에 로마에 의해 멸망한 이후로 전 세계로 흩어져 살던 유대인들의 생활상을 아주 다양한 방법으로 설명하고 있다. 이곳을 제대로 구경하기 원한다면 하루를 할애해도 안 될 정도다.

세례요한이 태어났다는 에인케렘의의 바로 옆에 있는 홀로코스트 기념관 야드바셈은 유대인 출신의 세계적인 영화감독 스티븐 스필버그가 기획하고 연출해서인지 박물관으로서는 압권이라고 할 수 있다. 아무리 유대인에 대해 나쁜 감정이 있는 사람이라고 할지라도 두 시간 정도 걸리는 야드바셈 박물관의 동선을 따라 전시물을 구경하고 나오면 반드시 유대인을 향한 동정심과 이스라엘 땅에 대한 애착심이 생기지 않을 수 없게 한다.

브엘세바의 사막에 있는 이스라엘 초대 수상 벤 구리온의 생가로 만들어진 박물관과 텔아비브 도시 한복판에 있는 독립기념문 낭독 현장을 박물관으로 바꾸어 놓은 것도 박물관의 모델이 될 만하다. 이스라엘의 박물관들을 소개하자면 그야말로 끝도 없다.

이스라엘의 박물관은 두 가지 특징이 있다. 하나는 박물관이 대부분 도시 한가운데 있다. 그래서 직장인이나 학생, 집에서 아이를 돌보는 주부도 언제든지 쉽게 찾아갈 수 있는 곳에 위치하고 있다. 그래서 이스라엘의 박물관에는 주말뿐 아니라 평일의 한낮에도 늘 관람객으로 북적인다.

다른 하나의 특징은 관람객 중에 함께 오는 가족들, 학생들이 많고, 군인들도 많다. 부모가 어린 자녀들과 함께 박물관을 찾아와서 전시물에 대해 능숙한 솜씨로 설명을 해 주는 모습을 쉽게 볼 수 있다. 어떤 부모는 자녀들에게 연기까지 보여 주며 열정적으로 설명을 해 준다. 그리고 삼삼오오 찾아오는 학생들을 보면 단순히 학교 과제 때문에 억지로 찾아온 표정들이 아니다. 한결같이 진지하고 엄숙하다. 또 이스라엘의 박물관에서는 어떤 곳에서든지 군인들이 여기 저기 둘러앉아 열심히 설명을 듣고 토론하는 모습을 쉽게 볼 수 있다.

이스라엘에서의 박물관은 오래된 유물을 보관하는 고리타분한 대명사로 표현되는 곳이 아니다. 그곳의 박물관은 지금도 살아 있는 역사의 현장이자 미래를 준비하는 곳이다. 분명한 목적과 함께 만들어진 곳이 이스라엘 박물관이다.

2011년도 노벨상 수상자 7명 중 5명이 유대인이다. 어떻게 이러할 수 있을까? 유대인의 재능의 결과는 이스라엘의 박물관 문화가 그 역할을 감당하고 있다. 유대인의 정신교육은 박물관에서 시작된다.

일 년에 몇 만 명이 이스라엘로 성지순례를 가거나 여행을 다녀온다. 안타깝게도 대부분의 사람들은 오래된 유적지만 보고 온다. 정작 그 유적지에서 발굴된 진짜 보물들은 그곳에 없고 박물관에 옮겨져 있는데도 말이다. 한마디로 껍데기만 보고 돌아온다는 이야기다. 이제 진짜 이스라엘을 보기 원한다면, 그래서 지금도 생생하게 살아 있는 역사의 현장을 보기 원한다면 박물관을 찾아가자.

《진짜 보물은 박물관에 있다》는 40여 차례 동안 수백 개의 이스라엘 박물관을 직접 찾아다니며 취재한 끝에 독자들이 꼭 한 번쯤 찾을 만한 박물관 20곳을 역사적 배경과 함께 소개한다. 이제 돌무더기만 있는 유적지에서 뿐 아니라 진짜 보물이 보관되어 있는 이스라엘의 박물관에서 한국의 방문자들을 많이 만날 수 있기를 바란다.

01

가이사랴[Caesarea]는 페니키아[Phoenicia] 사람들이 만든 도시였다. 예수님이 태어나기 전만 해도 폐허나 다름없었다. 주전 22년부터 헤롯왕은 이곳에 새로운 도시를 만들었다. 그 당시 이곳에는 유대인이 아닌 사람들이 많이 살고 있었는데 헤롯이 유대인뿐 아니라 유대인이 아닌 사람들에게도 많은 관심과 애정을 갖고 있다는 것을 과시하기 위해 이곳을 선택했다. 또한 팔레스타인 땅과 로마로 연결할 수 있는 항구도시를 만들기 위해 이곳 가이사랴를 선택하였다.

헤롯은 팔레스타인의 분봉왕으로 있을 때 많은 도시를 건설하고 건축했다. 유대인들을 위해 예루살렘의 성전을 건설했고 이곳 가이사랴에도 유대인이 아닌 이들을 위해서 도시를 건설한 것이다.

그런데 헤롯이 만든 가이사랴는 거의 로마와 흡사한 모습이었다. 이곳에 로마식 원형경기장을 만들었고 로마식 건축물을 세웠고 그 도시의 이름을 로마의 황제 카이사르 아우구스트<sup>Caesar August</sup>의 이름을 따서 가이사랴라고 명명했다.

그래서 나중에 이곳은 로마에서 파견된 총독이 거주하는 정치적인 중심지가 되었다.

예수님을 십자가에 매다는 사형선고를 내린 빌라도 총독 역시 AD26년부터 10년간 이곳에서 살았는데 평소에는 이곳에 있다가 유대인의 4대 절기 때에만 예루살렘으로 올라갔던 것이다.

그래서 빌라도가 예수님을 처음 만나 사형선고를 내리게 될 때에도 유대인의 유월절 절기 때문에 예루살렘으로 올라갔다가 가야바 제사장에 의해서 끌려온 예수님을 처음 만나게 되는 것이다.

가이사랴는 구약성경에는 그다지 많이 등장하지 않다가 신약성경의 사도행전에 집중적으로 소개 된다. 그것은 사도바울이 가이사랴에 오랜 기간 동안 머물면서 신학적 이론을 정리한 곳이었기 때문이다.

일단 사도바울은 예수 믿는 사람들을 핍박하기 위해 다메섹으로 가다가 예수님을 만나게 되고 자신의 죄를 깨달은 뒤 그때부터 그리스도인이 된다. 이 사실을 알게 된 유대인들이 바울을 잡기 위해 혈안이 되자 일단 이곳 가이사랴로 몸을 피한 다음 바울의 고향인 다소로 향하게 된다.

이제 완벽한 그리스도인이 된 바울은 다시 바울은 다소에서 출발하여 안디옥과 이고니온등으로 1차 선교여행을 하고 하게 되고 곧이어 빌립보

데살로니가 베뢰아 고린도등을 거치는 2차 선교여행 끝에 다시 가이사랴로 돌아오게 되고 그 이후 에베소와 빌립보등을 거치는 3차 선교 여행 끝에도 가이사랴의 윗 부분에 해당하는 성경에선 둘레마이라고 표현되는 현재의 아코를 거쳐 이곳 가이사랴에 도착하게 된다.

그러나 바울은 세 번째 선교여행 이후 가이사랴에 도착했을 때 심각한 고난을 당하게 된다. 유대인이 아닌 이방인들에게는 구원이 있을 수 없다고 주장하는 예수님의 제자 베드로와 야고보와 심한 신학적 충돌을 겪게 되고 마침내 이 충돌은 소동으로 번져 2년간 감옥신세를 지게 된다.

이렇듯 가이사랴는 사도바울과 뗄래야 뗄 수가 없는 도시이며 지금도 이곳 가이사랴에 가면 그리스도인이 된 사도바울이 저 멀리 지중해를 바라보며 세계선교를 향해서 꿈꾸던 그 계획과 그곳에서 예수님을 묵상하며 신학적 이론을 정립하던 그 야심찬 얼굴을 만나 볼 수가 있다.

일단 가이사랴 국립공원 입구에서 입장료를 내고 안으로 들어가면 정면에는 거대한 건축물을 만나게 되는데 이것은 헤롯이 만든 로마식 반원형극장이다.

마치 부채꼴 모양으로 되어 있는 이 반원형 극장은 일반 관객들이 바다를 향해 앉을 수 있게 되어 있고 바다쪽에는 무대가 설치되어 있는 것이다.

현재도 약 5천 명이 앉을 수 있을 정도로 거의 완벽에 가깝게 보존되고 있는 이 반원형극장은 놀랍게도 음향시설이 뛰어나다. 그래서 무대쪽에서 누군가 마이크나 앰프 없이도 이야기를 하면 객석의 맨 끝까지 정확하게 전달 될 수 있을 만큼 음향의 원리를 잘 파악하고 만든 건축물이라고 할 수 있다.

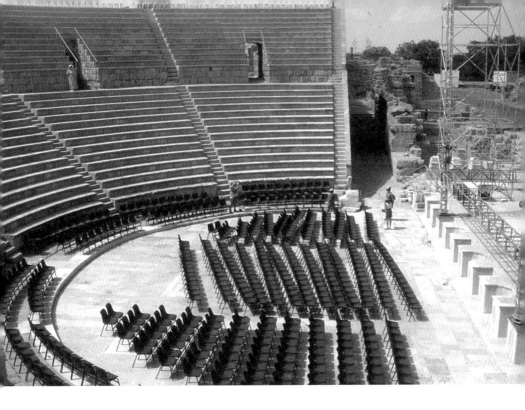

　이 반원형 극장을 발굴할 당시에 이곳에서 빌라도 총독의 이름이 적힌 돌판이 발견되었는데 현재 이곳에도 그 돌판이 전시되고 있지만 이것은 진품이 아니라 복사품이고 진품은 현재 예루살렘에 있는 박물관에 보관되어 있다.

　현재도 이 반원형 극장에서는 일 년에 몇 차례 씩 공연이 이뤄지고 있는데 쥬빈메타나 아이작 스턴등 유명한 연주가나 성악가들이 이 무대에 서서 공연을 하면 관객들은 객석에 앉아 발갛게 물드는 지중해의 일몰을 바라보며 공연을 감상하게 되면 그야 말로 환상이 따로 없을 정도이다. 2천 년이 넘는 세월을 간직한 고대 유적지에서 펼쳐지는 공연은 마치 지금이 2천 년 전인지 아니면 현재인지를 구분할 수 없게 한다.

가이사랴에는 로마식의 건축물들은 반원형극장 말고도 많이 있는데 그중에 대표적인 것이 바로 수로이다.

가이사랴는 팔레스타인 땅에서 로마나 다른 지중해 지역과 연결하기에는 최적의 항구이긴 하지만 이곳에는 안타깝게도 샘이 없었다. 그래서 생각해 낸 것이 이곳에서 약 15km 떨어져 있는 갈멜산에서 물을 끌어오는 것이었다. 일종의 수도관인 셈이다.

지금으로부터 2천 년 전 15km나 멀리 떨어져 있는 곳에서 물을 끌어오는 것이 과연 가능한 일일까? 그러나 로마는 세계에서 물을 제일 잘 관리했던 민족으로 알려져 있다.

실제로 로마의 땅 지하에는 약 80여km의 길이로 물이 흐르는 도수관이 매설되어 있다고 하고 그것 역시 이미 수천 년 전에 만들어 놓은 것이다. 이 정도로 로마 사람들은 물을 끌어오고 물을 사용하는 데는 타의 추종을 불허할 만큼 실력이 대단한 사람들이었다.

이 정도로 물에 대한 해박한 지식과 노하우가 있는 로마인들이야 가이사랴에서 15km 떨어진 갈멜산에서 물을 끌어오는 일은 어쩌면 식은 죽먹기였을지 모른다.

어쨌든 가이사랴의 해안가 쪽에는 마치 우리나라의 고가도로처럼 약 900m 정도의 길이로 길게 아치가 세워져 있는 것을 쉽게 발견할 수 있다. 워낙 해안가 쪽에 만든 수로라서 그랬는지 그 옛날 15km의 거대한 수로는 현재 바닷물에 침식되고 파괴되어 그 정도만 남아있게 되었다고 한다.

이 아치위로 올라가서 구경할 수 있도록 전망대가 설치되어 있는데 이곳에 올라가 보면 아치 위에는 물이 흐를 수 있도록 커다란 홈이 파져 있는 것을 볼 수가 있다. 그리고 그것 말고 내륙 쪽에는 해안가 쪽의 높은 아치위에 설치된 수로 말고 땅에서 불과 50cm정도 밖에 안 되는 높이의 낮은 수로도 있다. 이 수로는 헤롯이 가이사랴를 건설할 때 만든 수로가 아닌 비잔틴 시대 때 만들어진 것으로 알려져 있다.

그런데 이 가이사랴 국립공원 입구의 왼쪽에 이곳에서 출토되거나 앞바다에서 건져 올린 각종 유물들을 전시하고 있는 박물관이 있다는 사실을 아는 사람은 그리 많지가 않다.

가이사랴 국립공원의 입구 왼쪽에는 시도트 얌<sup>Sdot Yam</sup>이라는 키부츠가 있는데 이곳으로 들어가면 한가로운 시골의 농촌마을 같은 풍경이 펼쳐진다. 자동차도 별로 다니지 않는 이 한적한 마을 안으로 들어가서 박물관이 어디 있냐고 물어보면 그곳에서 만난 키부츠 사람들은 자신들 모두가 박물관의 홍보대사인냥 아주 친절하게 박물관이 있는 쪽을 가리킨다.

사람들이 안내하는 쪽으로 따라가다 보면 박물관은 이 키부츠 마을에서도 제일 끝자락 지중해 바람이 불어오는 바닷가 쪽에 위치하고 있다.

1951년 문을 연 이 박물관의 입구를 들어서면 넓은 마당에 각종 돌기둥이 정렬되어 서서 관람객을 맞이한다. 그러나 더 자세히 보면 잔디밭의 바깥쪽 담벼락에 각종 석상들이 우뚝 서 있는 것도 발견할 수가 있다.

　　이 돌기둥과 석상들은 모두 로마시대의 것들로 많이 손상되어 있긴 하지만 그래도 그 당시에 가이사랴라는 도시가 얼마나 화려했었는지를 알 수 있게 하는 역사의 편린들이다.

　　한때는 자기가 서 있어야 할 자리에서 웅장한 모습으로 커다란 건물들을 지탱했을 돌기둥과 높은 곳에 우뚝 서 있었을 석상들이 지금은 여기저기 부서지고 깨진 채 서 있는 것을 보고 있자면 순간의 영화가 얼마나 헛된 것인지 새삼 느끼게 한다.

이 박물관에는 세 개의 전시실이 있다. 그러나 워낙 이 박물관을 찾는 사람이 없어서 인지 평소에는 자물쇠로 굳게 잠궈 놓는다고 한다.

하지만 박물관의 사무실에 가면 이 박물관을 지키고 있는 노인이 반갑게 맞이하며 직접 전시실의 철문을 열쇠로 열어주고 전시물 하나하나를 망가진 자동차 안테나를 길게 뽑아 짚어가며 자세하게 설명까지 해주는 친절을 베푼다.

아마도 관람객이 자주 찾지 않는 후미진 박물관까지 찾아와준 사람에 대해 고마움의 표시이리라.

첫 번째 전시실에 들어가면 제일먼저 눈에 띄는 것은 가이사랴 어느 건축물에 부착되어 있었을 각종 부조들이다. 어떤 것은 머리가 잘려나가고 또 어떤 것들은 하나의 조각품이 여러개의 조각들로 나뉘어져 전시되어 있다.

조각품을 설명하고 있는 관리인

그 조각품들의 표면을 자세히 들여다보면 단단한 대리석을 조각한 것임에도 불구하고 마치 진흙으로 곱게 마감질 한 것처럼 매끄럽다.

그리고 작은 유리진열장 안에는 각 시대별로 가이사랴의 사람들이 애지중지했을 각종 아이돌(우상)들이 여러 개 전시되어 있고 또 로마시대와 비잔틴 시대 그리고 십자군 시대와 무슬림 시대 당시 사용하던 각종 동전과 유리병들이 시대별에 맞춰서 정갈하게 정리되어 있다. 뿐만 아니라 아주 오래전에 사용했을 낚시 바늘과 각종 쇠붙이 경첩들이 전시되어 있다.

두 번째 전시실로 들어가면 그곳에는여러 시대에 걸쳐서 사용했을 각종 십자가 장식물들이 전시되어 있다.

　어떤 것은 쇠붙이로 만들어졌고 또 어떤 것은 바윗돌을 깎고 다듬어서 십자가를 만든 것도 있다. 그리고 로마시대의 유대인들이 새겨 놓았을 각종 메노라 조각품들도 볼 수 있는데 이런 것들을 보면 가이사랴라는 도시에 유대교와 기독교 그리고 로마의 각종 종교들이 여러 시대를 거치면서 번창했었다는 것을 알 수 있다.

　세 번째 전시실은 좀 특이하다.

이곳에는 각종 크기의 질그릇 항아리들이 수백점 전시되고 있는데 한 결같이 항아리의 주둥이와 겉표면에 조개와 산호들이 다닥다닥 붙어있는 것을 볼 수가 있다. 이 항아리들은 모두 가이사랴 앞바다에서 건져 올려 냈기 때문이다.

바다 건너 먼 곳에서 이곳 가이사랴로 오는 배에 실었던 항아리들이 었는지 아니면 이곳 가이사랴에서 다른 곳으로 실어가려다가 좌초된 것 인지는 확인할 길은 없지만 이렇게 깨지기 쉬운

질그릇 항아리들이 손상을 입지 않고 고스란히 그 형태를 보존해서 건져 올려지게 된 것은 어디까지나 배가 침몰했기 때문이다.

그 당시 함께 배에 탔던 사람들은 아비규환을 겪어야 했겠지만 어쨌 든 그 덕분에 이렇게 역사의 순간들이 고스란히 우리 앞에 드러나게 된 것이 아닐까?

다시 박물관 밖으로 나와 가이사랴의 바닷가에 서 있으면 2천 년 전 아마도 이 바다를 통해 에베소와 고린도 갈라디아와 빌립보 등으로 향했 을 사도바울의 모습을 발견할 수 있을지도 모른다.

그리고 마침내 이곳을 통해 그리스도의 복음이 전 세계 지구 곳곳에 번져 나가기 시작한 그 시발점이 되었다는 것을 생각한다면 그 느낌은 정 말 새롭게 다가온다.

| 입장요금 | 어른 15nis \| 어린이 10nis |
| --- | --- |
| 입장시간 | 일요일, 화요일, 수요일, 목요일 10:00-16:00 |
| | 금요일 10:00-13:00 |
| | 월요일, 토요일 휴무 |
| 전화 | 04-636-4367 |

02

# 예수님 당시의 배가 있는
# The Yigal Alon Center

　예수님은 3년의 공생애 기간 동안 대부분을 갈릴리 지역에서 사역하셨다. 갈릴리 지역은 넓은 호숫가로 인해 많은 사람들이 고기를 잡는 어부로 생활을 하셨고 예수님의 제자들 또한 어부도 몇 명 있었다.

　뿐만 아니라 예수님은 어부들과 함께 배에 올라타서 호수 한가운데로 가는 일도 종종 있었다. 그렇다면 과연 예수님이 타셨던 배는 어떤 모양이었을까? 현재 갈릴리에 가면 현대식 유람선 이외에도 나무로 된 유람선이 성지 순례자를 태우고 갈릴리 호수 위를 떠다닌다. 그렇다면 과연 이 배가 예수님 당시의 배의 모양과 똑같은 것일까? 예수님 당시의 배가 어떤 모양이었는지 많은 사람들은 추측만 할 뿐이었지 정확하게는 알 수가 없었다.

그러나 예수님 당시에 나무로 된 배가 2천 년의 오랜 잠을 깨고 드디어 사람들 앞에 그 모습을 드러낸 사건이 1986년 1월에 일어났다.

1986년 갈릴리 지역은 2년째 이어지는 가뭄으로 인해 호수물이 줄고 호숫가의 갯벌은 갈라지기 시작했다. 이때 호수 근처에 있는 기노사르 Ginosar 키부츠에서 살고 있던 유발과 모세라는 형제는 바닥을 드러낸 호숫가의 갯벌로 나가 동전이라도 주울 생각에 나무 막대기를 들고 밖을 나섰다 .

한참이나 갯벌을 이리 저리 뒤지다가 이 두 형제는 이상하게 생긴 나무토막을 갯벌 사이에서 발견하게 된다. 그것은 분명 나무배의 한쪽 모서리라는 것은 금방 알 수가 있었던 것이다.

이곳에 배가 왜 가라앉은 것이었을까? 눈으로 보기에도 결코 최근에 가라앉은 배 같아 보이지 않았던 이 형제는 혹시 수천 년 전에 가라앉은 것은 아닐까 하는 생각을 하게 되고 곧바로 이스라엘 문화재 관리국에 이 같은 사실을 알렸다.

곧바로 문화재 전문가들이 현장에 도착했고 갯벌에 3분의 1쯤 나와 있는 나무배를 이리 저리 살펴보았다. 배 밑창과 몸체를 쇠못으로 연결한 것으로 보아 철기시대 이전의 배는 아니었다.

나무와 나무를 연결하는 부분을 살펴보니 이것은 분명 2천 년 전 로마 제국이 지중해를 누비던 시절에 배를 만들던 방법과 일치했다.

그렇다면 이 배는 바로 2천 년 전 그러니까 예수님 당시에 누군가가 이 갈릴리 호수를 타고 다니다가 가라앉은 배가 아닐까? 흥분을 감추지 못한 문화재 전문가들은 곧바로 이 갯벌을 파헤치기 시작했다.

물론 그 전에 배를 중심으로 둑을 쌓아서 호수의 물이 더 이상 들어오지 못하게 했고 그런 상태에서 조심스럽게 배의 주변에 2천년 동안 붙어있던 진흙들을 떨어냈다. 물론 그 옆에선 진흙탕 물을 연실 밖으로 뿜어대는 펌프가 요란스럽게 작동했다. 배에 달라 붙어있는 진흙을 떨어내는 과정이란 결코 쉬운 일이 아니었다. 거대한 기중기에 밧줄을 매달아 발굴팀이 허공에 매달린 채로 갯벌 바닥에 박혀 있는 나무배의 진흙을 손으로 일일이 긁어내는 방식이었기 때문이다.

이런 발굴 과정을 지켜 보기 위해 몰려든 많은 구경꾼들은 놀라움을 금치 못했다. 시간이 흐를수록 배는 거의 완벽에 가까운 모습으로 서서히 그 모습을 드러냈기 때문이다.

배는 길이 8.2m, 폭이 2.3m, 높이는 1.2미터의 제법 큰 배였고 소재도 고급스런 참나무로 만들어진 배였다. 배의 이곳저곳에 수리된 흔적이 보였는데 수리된 곳은 참나무가 아닌 다른 나무로 덧댄 것으로 보아 그 당시에 참나무도 역시 귀한 나무라는 것을 알 수 있었다.

2천 년 전에 가라앉은 배라고 하기에는 너무나 놀라울 정도로 그 모습이 완벽했으며 지금이라도 배를 물 위에 띄우면 사람이 올라탈 수 있을 것만 같았다. 그것은 산소가 없는 갯벌 속에 파묻혀 있었기 때문에 부식이 덜 된 것이었다.

이전까지는 2천 년 전 갈릴리 호수에 떠다니던 배의 모습을 전혀 윤곽조차 잡을 수 없었던 전문가들은 이렇게 드디어 모습을 드러낸 나무배의 모습을 보고 감격하지 않을 수 없었다. 그곳에서 또 다른 증거물들이 발견되었다. 기원전 1세기에서 1세기 후의 것으로 보이는 등잔도 발견되었고 유리그릇도 함께 발견되었다.

진흙 속에서 파낸 배를 폴리우레탄으로 감싼 모습

그래서 더욱 더 이 배가 2천 년 전의 것이라는 것을 확신할 수 있었던 것이다. 나중에 전문가들에 의해 탄소측정법을 이용해 조사한 결과로는 정확히 기원전 70년 전부터 기원 후 70년 사이에 만들어진 배라는 것이 밝혀졌다.

그렇다면 이 배는 분명 예수님이 이곳 갈릴리에서 사역하실 때 호수 어딘가에서 열심히 고기를 잡고 있었을지도 모르는 일이고 또 어쩌면 예수님께서 직접 이 배에 올라탔을 지도 모르는 일이다.

그런데 문제는 갯벌을 파헤쳐서 그 실체를 드러낸 이 배를 안전한 곳으로 옮길 방법이 없었다. 자칫하다가는 배를 옮기는 동안 파손될 수도 있기 때문이다. 그래서 생각해 낸 것이 바로 미라를 보존하는 방법을 이 배에 적용했다.

먼저 배의 나무 조각 사이에 묻어있던 갯벌을 모두 떼어낸 뒤에 배가 안전할 수 있도록 합성 유리 섬유와 폴리우레탄으로 배를 감쌌다. 그런 다음 배가 발견된 자리에서부터 깊게 물길을 파서 호수물로 둥둥 띄워 이동한 다음 이곳에서 가장 가까운 기노사르 키부츠로 옮겼다.

갈릴리 호숫가의 갯벌 속에서 2천 년 동안이나 잠자던 배가 세상 사람들에게 그 모습을 자랑스럽게 내 보이기 위해 자리를 옮겨가는 과정은 그야말로 한편의 다큐멘터리 였고 고고학과 현대 첨단 화학기술이 만나는 위대한 작업이었다.

이런 작업을 하는 기간은 꼬박 열하루가 걸렸다.

키부츠의 특별한 장소로 옮겨진 2천 년 전의 배는 그때부터 본격적인 조사에 들어갔다. 조사 결과 배의 크기는 길이 8.2미터 폭이 2.3미터 높이 1.2미터로 약 12명 정도가 탈 수 있는 규모라는 것을 알 수가 있었다. 뿐만 아니라 그 조사를 통해 알게 된 것 중에 하나는 나무판자의 특별한 연결방식이었다. 먼저 나무판자의 옆면에 작은 홈을 판 다음에 그 사에 나무토막을 집어넣고 역시 옆면에 홈이 파인 나무판자를 끼워 넣어 연결하는 방식이었던 것이다. 이때 나뭇조각이 끼워진 판자의 옆면에 쇠로된 못을 박아 단단히 고정시켰던 것으로 밝혀졌다.

그리고 12가지 종류의 서로 다른 나무가 덧대어 진 것으로 확인되어 이 배는 여러 차례에 걸쳐서 이 배는 수리가 된 것을 알 수가 있었다. 이 배의 소유주는 그다지 부자는 아니었던 것 같다. 도대체 이 배는 누구의 배였을까?

몇 가지 조사 결과로 가늠해 볼 때 이 갈릴리 배는 주전 1세기부터 주후 1세기의 것으로 보인다. 선원의 수를 통해 볼 때 이 배는 복음서에 나오는 예수님의 제자들에 의해서 사용된 것으로 보이며 주후 67년 로마를 맞아 싸웠던 미그달Migdal 전쟁에서 유대인들에 의해 사용되었던 것으로 보인다.

이곳에서 특별히 제작된 물탱크에 넣은 후 주의 깊게 관찰하면서 11년간 보존되었다.

현 상태를 유지하기 위해 이 배는 가열된 폴리에틸렌 클리폴(PEG) 용액에 넣어졌고 나무 세포에 들어있는 물 대신에 이런 합성 왁스가 채워졌다. 그 후에야 이 선체는 서서히 건조될 수 있었고 밖으로 흘러나온 왁스는 제거 되었다.

그리고 온도를 적당히 조절할 수 있는 박물관에 오늘날처럼 전시될 수 있었다.

그래서 이 초라한 배는 예수님의 사역과 미그달 전쟁에 대한 배경인 갈릴리 지역의 해상 산업에 대한 분명한 그림을 보여주는 놀라운 창문의 역할을 하고 있다.

이 배를 전시한 지 14년이 지난 후인 2000년 2월 이 배는 영구히 보존될 장소 이갈 알론 센터의 새로운 장소로 이전되었다.

이곳에서 갈릴리 사람들의 삶의 이야기를 보여주고 있다.

Yigal Alon center 건물 안에 자리 잡은 Jesus boat 박물관은 오직 이 배 하나만을 위한 박물관이다. 다른 박물관처럼 박물관 내부에 수많은 전시물이 진열되어 있지 않다. 안으로 들어가면 한쪽 구석에 2천 년 전의 배가 안정적인 모습으로 전시되어 있는 것을 볼 수가 있다. 검은 빛의 나무로 되어있는 배는 스테인레스 파이프에 의해 고정되어 있으며 바닥으로

부터 나오는 은은한 조명에 의해 배의 구석구석을 비교적 잘 관찰할 수 있도록 해 놓았다.

박물관 안에는 이 배가 발굴될 당시의 상황을 설명해 놓은 판넬이 벽에 부착이 되어 있고 그 판넬들 사이 중간 중간에는 발굴당시의 상황을 촬영해 놓은 동영상들이 상영되고 있다. 그리고 전시장 한쪽 구석에는 배가 발굴될 당시에 함께 발굴된 쇠못들도 접시에 담겨져 전시되고 있다.

성지순례자들은 이 키노사르 키부츠에서 출발하는 갈릴리 호수의 유람선을 타고 내리면서 이 건물을 통과하는데 대부분 이 박물관 안으로 들어가지는 않는다. 세련되고 깔끔하게 정리되어 있는 박물관 안은 그래서 늘 조용하다. 이곳 키노사르 키부츠에 가게 되면 꼭 이 박물관을 방문할 것을 권유하고 싶다. 그곳에서 배에 올라타신 예수님이 갈릴리 호수를 향해 '잠잠하라'고 말씀하시던 그분의 음성을 들을 수 있을 것이다.

| 입장요금 | 어른 20nis ┃ 어린이 15nis |
| 입장시간 | 일요일~목요일 08:30-16:00 |
| | 금요일 08:30-13:00 |
| | 토요일 08:30-16:00 |
| 전화 | 04-672-7700 |
| 주소 | Kibbutz Ginosar 14980 Israel |
| 이메일 | betalon@netvision.net.il |
| 홈페이지 | www.jesusboatmuseum.com |

03

# 2천 년 전의 나사렛을 재연한 나사렛 빌리지
# Nazareth Village

　　'화이트 크리스마스' 라는 캐롤송을 감미로운 목소리로 노래하던 미국의 대중가요 가수인 팻분<sup>Pat Boone</sup>이라는 사람이 진행하던 미국의 유명한 TV 다큐멘터리 시리즈물이 있었다. 그 텔레비전 방송의 프로그램 제목은 'Nazareth Jesus knew'이었는데 이 프로그램에선 예수님 당시의 나사렛 사람들은 어떻게 살았는지를 아주 자세하게 소개를 하고 있다.

　　가령 예를 들면 그 당시 사람들은 물을 어떻게 구해서 생활용수로 사용했었는지, 그리고 그 당시 사람들은 화폐를 어떻게 사용했고 경제활동은 어떻게 했었는지, 예배는 어디서 드렸고 어떤 형식으로 했는지 등 일상생활에 관한 내용을 아주 자세하게 화면으로 구성했다.

특히 팻분이 어느 예수님 당시의 가정집으로 꾸며놓은 곳에서 의자에 앉아 프로그램의 시작 멘트를 하고 곧 이어서 게리 바이엘$^{Gary\ Bayer}$이라는 미국의 영화배우가 예수님 당시의 나사렛과 똑같은 마을의 구석구석을 찾아다니며 성서 고고학자와 역사학자들의 도움 설명을 들으며 만나 하나하나 설명을 해 주는데 그 화면속의 장면들은 마치 2천 년 전의 나사렛을 그대로 재현해 놓은 듯 했다.

마치 2천 년 전의 돌들을 이용해서 지어 놓은 듯한 가정집과 가축우리들, 그리고 여기저기서 한가롭게 풀을 뜯고 있는 여러 마리의 양떼들과 그 앞을 오고가는 2천 년 전의 나사렛 사람들….

분명 그곳은 허리우드의 대형 오픈 세트장은 아닌 것 같은데 과연 이렇게 완벽하게 2천 년 전의 나사렛을 재현해 놓은 곳은 어디일까?

어디서 촬영을 했기를 저토록 완벽하게 2천 년 전의 나사렛을 꾸며 놓은 것일까?

그곳은 허리우드의 세트장도 아니었고 나사렛과 비슷한 다른 지역도 아니라 바로 그 나사렛에서 촬영한 것이라는 것을 얼마 안 있어 알게 되었다.

나사렛은 예수님 당시에는 약 4백여 명이 모여 살던 아주 작은 시골 마을이었지만 현재는 약 7만여 명이 살고 있는 대도시로 변해있다. 만약에 예수님이 살던 나사렛을 생각하고 현재의 나사렛을 찾아가면 높다란 빌딩과 정신없이 오가는 자동차의 행렬들로 혼란에 빠질 수가 있다.

이런 곳에선 도무지 팻분과 게리 바이엘이 촬영한 장소를 찾을 수가 없다. 나사렛 빌리지를 찾아가기 전에는 말이다.

나사렛 빌리지는 나사렛의 수태고지교회에서 아래쪽으로 약 5백여 미터 가면 오른쪽의 언덕에 자리를 잡고 있다. 수태고지교회는 마리아가 천사 가브리엘로부터 성령으로 잉태되었다는 소식을 들은 바로 그 장소에 세워진 교회이다.

이곳으로 들어서는 순간 마치 우리는 타임머신을 타고 2천 년 전의 나사렛으로 돌아간 듯한 착각에 빠지게 된다. 바깥쪽의 정신없이 자동차가 다니고 높은 빌딩들이 서 있는 것에 비해서 이곳은 그야말로 예수님께서 살아계셨을 2천 년 전의 모습을 그대로 간직하고 있기 때문이다.

나사렛 빌리지는 나사렛에서 크리스천으로 9대째 살아오던 나홀 비스하라[Nakhle Bishara] 박사와 착한 사마리아인에 관한 영화를 준비하던 마이클 호스틀러[Michael Hosteler] 프로듀서에 의해서 그 아이디어가 시작되었다.

예수님 당시께서 직접 예화를 들어 설교하셨던 그 이야기를 영화로 찍기 위해선 마땅한 촬영장소가 필요했었는데 이 두 사람은 그 촬영장소로 나사렛이 가장 적합하다고 생각했고 예수님이 자라시던 그 마을에서 불과 5백여 미터 떨어진 현재의 장소에 오픈 세트장을 설치하기로 한 것이다.

이곳에선 2천 년 전에 사용하던 올리브 기름틀이 발견되었고 2천 년 동안 개발이 되지 않아 나사렛 도시 중에서 가장 그때의 모습을 간직한 곳이었기 때문이었다.

이들의 작업에 뜻을 같이한 미국과 캐나다 등의 선교단체가 재정 후원과 자원봉사자들을 보내 본격적인 공사가 시작되었고 드디어 2000년 9월에 나사렛 빌리지가 완성되었다.

2천 년 전의 나사렛 마을이 현실로 눈앞에 나타난 것이다. 그 후부터 지금까지 십여 년의 세월을 보내면서 나사렛 빌리지는 계속해서 야외 무덤과 같은 전시물을 보강했고 개장 초기에 비해 그 면적도 넓혀졌다.

물론 그 후에 이곳에서 마이클 비스하라 프로듀서가 만들고자 했던 영화도 촬영되었으며 그때부터 지금까지도 이곳에선 예수님과 관련된 수많은 영화와 다큐멘터리들을 촬영하기 위해 세계 각국의 촬영팀이 찾아왔다.

물론 앞서 소개한 팻분이 진행하는 미국의 텔레비전 시리즈도 바로 이곳에서 촬영되었고 현재도 일반 관람객을 받아들이고 있다. 그만큼 1세기경의 나사렛을 보여 주는 데는 이만한 곳이 세계 그 어디에도 없기 때문이다.

그래서 예수님 당시의 나사렛이 어떤 모습이었는지를 알기 원한다면 반드시 나사렛 빌리지를 찾아가 봐야 한다.

그러나 나사렛 빌리지의 입구는 잠시 후 타임머신을 타고 들어가 그 안에서 펼쳐지게 될 2천 년 전의 세계와는 다르게 허름하다. 도대체 이런 곳에 무엇이 있을까 싶을 정도로 오히려 기대감을 반감시킨다.

하지만 일단 입장료를 내고 실내 전시장으로 들어가는 순간 입을 다물지 못하게 된다. 마치 누군가가 방금 전에 일을 하다가 어디론가 사라져 버린 것처럼 목수의 작업실이 그대로 펼쳐져 있다. 할로겐 조명 아래로 요소요소마다 아주 섬세하게 그 당시의 상황을 재현해 놓았다. 그 당시 목수가 사용했던 것과 똑같은 것으로 각종 목공 연장들이 널부러져 있고 지금이라도 누군가가 달려와서 망치를 들고 돌을 다듬을 수 있을 것 같은 현장이 눈앞에 고스란히 펼쳐진다.

그것뿐만이 아니다. 여기 저기 벽면에는 배우들을 동원해서 그 당시의 상황을 재현해 촬영한 사진들도 예쁘고 가지런하게 전시되어 있어서 2

천 년 전의 나사렛을 이해하기에 아주 쉽다.

그 실내 전시장을 전부 둘러본 다음 야외로 향하는 문을 나서면 그곳에는 좁고 기다란 골목을 통과해야 하는데 그 골목의 끝에는 바로 팻분과 게리 바이엘이 텔레비전 시리즈를 촬영했던 그 야외 전시장이 한눈에 들어온다.

그곳은 적어도 10에이커(40,469평방 미터)의 넓은 언덕배기에 2천 년 전의 나사렛 마을을 그대로 재현해 놓았다.

우선 가정집을 들어가 보자. 가정집은 여러 가지 종류가 있다.

단층짜리 가정집도 있고 이층 구조로 된 가정집이 있는데 이 집안의 앞마당에는 각종 살림살이들이 어지럽게 널려있다. 가지런히 정돈하지 않은 이유는 박물관이라고 해서 잘 정돈해 놓은 것이 더 현실적이지 않고 부자연스럽다고 생각해서라고 한다. 마치 방금 전에 누군가가 앞마당에서 각종 채소와 곡물들을 정리하다가 어디론가 사라져 버린 것처럼 자연스럽게 배치해 놓은 것이 어지럽게 널려 있는 것처럼 보일 뿐이다.

집안으로 들어가면 벽면 높은 곳에 사각형으로 뚫려있는 창문이 여러 개 보이는데 이것은 그 당시에 햇빛을 어떻게 방안으로 끌어들여 밝혔는지를 알 수가 있다. 등잔불도 없는데 방안은 바깥 못지않게 환하게 밝다. 물론 벽에는 벽감이라고 해서 등잔불을 올려놓을 만한 받침대가 설치되어 있고 그 벽에는 등잔불에서 피어오른 검은 그을음이 시꺼멓게 묻어 있다. 이층으로 향한 작은 나무 사다리를 이용해서 올라가 보면 그곳에는 잠을 자던 침구류들도 널브러져 있다.

주방에도 역시 방금 전까지 누군가가 음식을 준비하다가 사라진 것처럼 화덕에는 검은 그을음이 그대로 묻어있고 각종 모양의 질그릇도 여기저기 널려있다. 가정집 옆쪽으로 돌아가면 그곳에는 지금도 나귀와 염소들이 한가롭게 풀들을 뜯어먹고 있다.

나사렛 빌리지에서 가장 볼만한 곳은 1세기경 사용하던 대형 올리브 오일틀이다. 돌벽돌로 된 건물 안에 자리 잡은 이곳은 여러 개의 바위로 된 틀과 그 위에 마치 우리나라의 디딜방아처럼 여러 개의 나무들이 짓이겨 기름을 짜내는 장비들이 만들어져 있다. 아마도 예수님 당시에 나사렛 사람들 중에는 가정집에 이런 식의 거대한 틀을 갖춰놓고 대규모로 올리브기름을 짜 냈을 거라는 추측을 하게 한다.

또 하나의 볼거리는 완벽하게 재현된 시나고그(유대인 회당)이다. 넓지막한 공간에 둥그런 돌기둥을 여러 개 세우고 주변으로 사람들이 둘러 앉을 만한 계단식 좌석을 만들어 놓고 그 안에는 메노라(일곱 촛대)가 불을 밝히고 있는데 이 시나고그는 그때 당시의 규모를 그대로 적용했다고 한다.

이런 건축물들을 하나하나 둘러보고 나오다 보면 골목길에서 또 한번 당황스런 경험을 하게 된다. 2천 년 전의 의상을 입은 나사렛 남녀들이 양떼를 몰고 다가와 반갑게 웃음을 보이며 눈인사를 하기 때문이다.

물론 관람객들을 위한 연기자들이다.

마을의 아래쪽 야외들판에도 양과 염소들이 한가롭게 앉아있고 그 옆에는 목자들이 나무 막대기를 손에 들고 서 있다. 그야말로 나사렛 빌리지는 2천 년 전의 나사렛 마을을 하나부터 열까지 그대로 재현해 놓고 있어서 이 마을의 골목길을 돌아다니는 것 자체가 신약성경의 무대를 활보하고 있다는 느낌이 들게 된다.

이 나사렛 빌리지를 하나하나 꼼꼼히 살펴보며 돌아다니기 위해선 적어도 반나절을 소모해야 한다. 그러다 보면 배가 고파지게 되는데 놀랍게도 이곳에는 2천 년 전의 음식을 먹을 수 있는 식당도 준비되어 있다.

이 식당에 가면 아름다운 나사렛의 여인이 히브리 의상을 입고 손님을 반갑게 맞이하며 서빙을 한다. 나는 아마도 이 여인이 마리아의 후손일지도 모른다는 생각이 들었다.

이렇게 건물에서부터 각종 소품 그리고 동물과 사람까지도 갖춰 놓은 나사렛 빌리지는 어딜 봐도 절대 손색이 없는 2천 년 전의 나사렛을 완벽하게 재현해 놓은 곳이다.

| 입장요금 | 개인 50nis \| 그룹(10명이상) 37nis |
| --- | --- |
| | 학생 34nis \| 어린이(7-18세) 22nis |
| 개장시간 | 월요일~토요일 09:00-17:00 \| 일요일 휴무 |
| 전화 | 04-645-6042 |
| 주소 | POB 2066, Nazareth 16100, Israel |
| 이메일 | info@nazarethvillage.com |
| 홈페이지 | www.nazarethvillage.com |

가정집의 벽면에 뚫린 채광을 위한 구멍들

가정집의 옆쪽에 있던 가축우리

나사렛의 유대인들이 모여서 예배를 드리던
시나고그

목수의 집이었을지 모르는 가정집의 작업창고

들판에서 양과 염소를 돌보고 있는 목자들

올리브 기름을 짜던 대형틀

04

# 이스라엘의 마지막 저항 장소
## The Masada Museum

　예루살렘에서 사해 쪽으로 내려가다 보면 오른쪽으로 유대광야가 펼쳐진다. 유대광야에는 크고 작은 산언덕이 널려 있는데 이것은 우리나라의 융기되어 솟아오른 보통 산의 모습이 아니라 아주 오래전 거대한 물줄기가 쓸고 내려가 침식작용에 의해 생긴 봉우리와 같은 모습의 산이다.

　그래서 이런 식의 산봉우리는 깎아지른 듯한 급경사를 이루고 있으며 산봉우리의 정상은 마치 운동장처럼 평평한 모습을 이루고 있다. 이것이 유대광야의 산봉우리 모습이다.

그런 산봉우리를 오른쪽으로 그리고 왼쪽에는 사해 바다를 끼고 달리다 보면 오른쪽에 이스라엘의 오랜 역사를 간직한 아주 높다란 산봉우리를 하나 만나게 되는데 그 산이 바로 이스라엘 백성들의 마지막 최후의 항전지인 마사다 요새이다

AD67년, 당시 이스라엘은 로마의 지배를 받고 있었다. 그리고 이스라엘에는 로마가 임명한 에돔 출신의 헤롯이 분봉왕으로서 오랜 기간 동안 통치하다 AD40년에 죽게 되자 로마제국은 다른 분봉왕을 세우는 대신 로마의 장교를 총독 자격으로 파견하게 된다.

팔레스타인 땅으로 파견 나온 로마의 총독은 이스라엘 백성에게서 세금을 거둬들이기 위해 인구 조사를 실시하게 된다. 이 같은 인구 조사는 곧바로 돈과 직결되는 문제기 때문에 이스라엘 백성은 심한 반감을 갖게 되고 전국 각지에서 반란이 일어나지만 로마의 무자비한 진압작전으로 반란도 실패하고 만다.

그러나 AD66년 새로 부임해 온 총독은 겨우 잠잠해진 이스라엘 백성들의 반감을 부추기는 일을 저지르고 만다. 이스라엘 민족의 종교적 지도자인 대제사장의 제복을 압수하고는 성전에 보관되어 있는 많은 돈을 내야만 돌려주겠다고 하는 사건이 벌어진 것이다. 거기다 설상가상으로 총독은 예루살렘의 성전 마당에 로마 황제의 동상을 세우게 되고 이를 못마땅하게 여긴 이스라엘 백성들이 동상을 부수는 등 대규모 반란이 또 다시 일어나면서 반란은 삽시간에 이스라엘 전국으로 퍼지게 된다.

다급해진 로마는 마침내 본국에서 대규모의 군대를 파견하면서 이스라엘 각 지방의 반란군은 진압하지만 워낙 반란의 강도가 심하고 견고한 성으로 둘러싸인 예루살렘만 남게 된다. 드디어 로마는 예루살렘 포위작

전을 하게 되는데 성안으로 들어가는 자나 나오는 자들을 모두 차단한 채 예루살렘을 완전히 봉쇄하고 만다.

예루살렘 성안은 수많은 사람들이 식량과 식수의 부족으로 굶어죽게 되고 그 안에서 인육까지 먹게 되는 사태까지 번지게 되며 여기저기서 강도가 들끓고 화려했던 예루살렘은 불에 타는 등 아비규환이 되고 만다. 이때 일단의 무리들이 이 예루살렘성을 탈출하는 사건이 일어났다.

예루살렘 성안에서 반란을 주도했던 사람 중의 하나였던 엘리에젤 벤 야일은 한밤중에 로마군인들의 철통같은 포위를 뚫고 969명을 이끌고 예루살렘 성 탈출에 성공한 했으며 그들은 곧바로 헤롯이 만들어 놓은 사해 바로 옆에 있는 마사다로 향했다.

마사다는 헤롯왕이 유사시 유대인들이 폭동을 일으키면 피신하기 위해 만들어 놓은 일종의 피신처였지만 말이 피신처였기 때문에 그곳은 또 하나의 궁전과 다름없었다 그곳에는 몇 년 동안 먹고 마실 수 있는 음식과 물이 보관되어 있었으며 무기도 있었고 몇 명의 병사들이 지키고 있었다. 마사다는 한마디로 말해서 예루살렘을 도망 나온 유대인들이 피신하기에는 나름대로 안성맞춤인 곳이었던 것이다.

한밤중에 예루살렘 성을 빠져나온 969명의 유대인들은 밤새 사막 길을 달려 마침내 마사다에 도달했다. 그러나 마사다 꼭대기로 올라가는 길도 쉽지가 않았다. 워낙 경사가 심한 산길이라 마치 뱀의 모양처럼 갈지자로 구불구불하게 연결되어 있었지만 길도 좁아 발을 헛디디면 천길 만길 아래로 굴러 떨어질 수밖에 없었다. 천신만고 끝에 목숨을 걸고 올라간 969명의 유대인들, 이제 그들은 좀 한숨을 돌릴 수가 있었다.

다음날 이들이 예루살렘성을 빠져 나간 것을 알게 된 로마 군인들은 곧바로 마사다로 쫓아갔다. 그러나 마사다는 안에서 문을 잠그기만 하면 그곳은 절대로 밖에선 들어갈 수 없는 난공불락의 요새와도 같았다.

로마 군인들은 하는 수 없이 마사다 밑에서 그들이 그곳에서 내려오기만을 기다렸지만 사막 전투에는 그다지 경험이 많지 않았고 더구나 물이 부족했던 로마 군인들은 무작정 기다릴 수만은 없었다.

그래서 생각해 낸 것이 바로 경사로였다. 가파른 산길을 따라서 공격할 자신이 없으니 차라리 지상에서 부터 산꼭대기까지 완만한 경사로를 쌓고 그런 공사가 진행되는 동안 한쪽에서 성을 부술 수 있는 공성장비인 파성추를 만드는 것이었다. 그런 다음 경사로가 완성이 되면 파성추를 앞세워 성을 부수고 쳐들어가 그들을 모두 죽이거나 포로로 잡아 내려온다는 전략이었다. 땅에서 부터 산꼭대기까지 쌓는 경사로는 어찌 보면 정말 무모하기 짝이 없는 그런 대공사였다. 그러나 그 작전은 곧바로 실행에 옮겨졌다.

로마 군인들이 40도를 웃도는 뜨거운 사막의 태양아래서 흙을 실어다 경사로를 쌓기 시작했다. 이런 모습을 마사다 정상에서 내려다보고 있던 유대인들이 커다란 돌과 뜨거운 물을 아래를 향해 쏟아 붓기 시작했고 로마의 경사로 공사는 중단될 수밖에 없었다.

로마는 다시 대책을 마련하기로 했다. 경사로 작업을 로마의 군인들이 나서서 할 것이 아니라 예루살렘에서 포로로 잡은 유대인들을 끌어다가 경사로 작업에 투입하자는 것이었다.

며칠 뒤 경사로 공사는 6천여 명의 이스라엘 전쟁포로들에 의해 다시 재개되었다. 마사다 정상에서 이 장면을 지켜 본 이스라엘 도망자들은 놀라지 않을 수 없었다. 그 공사 현장에는 예루살렘에서 포로로 잡혀온 것

같은 이스라엘인들이었기 때문이었다. 그들 중에는 가족도 있었고 친구도 있었고 애인도 있었다. 마사다 정상에선 그냥 속수무책으로 이들이 점점 쌓아 올라오는 경사로를 지켜볼 수밖에 없었고 마침내 3년 뒤, AD70년, 드디어 경사로는 완성이 되었다.

그러나 여기서 로마 군인들은 엄청난 실수를 하게 된다. 그것은 그 당시 로마의 장군이었던 티투스는 경사로를 다 완성하고도 곧바로 마사다 정상을 향해 파성추를 앞세워 진격하지 않고 다음날 새벽에 총공격을 하기로 한 것이었다. 어차피 마사다 정상에 숨어있는 이스라엘 도망자들은 이제 독안에 든 쥐라고 생각을 했던 것이었다.

그러나 그날 밤 마사다 정상에선 지도자 엘리에젤 반 야일<sup>Eleazar Ben Ya'ir</sup>이라는 사람이 969명을 모두 모아놓고 연설을 한다.

'이제 우리가 그토록 걱정 했던 로마 군인들의 경사로가 모두 완성되었다. 이제 분명 내일 새벽이면 그들이 이곳으로 올라와 우리를 공격하게 될 것이다. 이제 우리에게 남은 선택의 길은 단 세 가지다. 첫 번째는 그들이 내일 새벽에 쳐들어오면 우리도 무기를 들고 맞서서 용감하게 싸우는 것이다. 그러나 우리는 분명 모두 죽게 될 것이다. 그리고 두 번째는 저들이 올라올 때 모두가 무릎꿇고 기다리고 있다가 항복을 하는 것이다. 그렇게 되면 우리 남자들은 모두 죽거나 살아남은 자는 노예로 끌려가게 될것이고 여자와 아이들은 노예로 끌려가거나 능욕을 피할 수 없게 될 것이다. 마지막 세 번째는 우리의 목숨이 우리의 손에 달려 있을 때 차라리 우리의 목숨을 우리 스스로 끊어 저들이 승리하지 못하게 하는 것이다. 자 이제 어떻게 할 것인가?'

엘리에젤의 연설을 듣고 이스라엘 백성들이 선택한 것은 과연 무엇이었을까?

　그것은 바로 세 번째 방법이었다. 자신들 스스로 목숨을 끊어 로마에게 승리의 기회를 빼앗는 것만이 진정한 승리라는 결론을 내리고 만 것이죠. 참으로 참담한 일이었다. 먼저 969명 중에서 열 명의 대표자를 제비뽑기로 선발했다. 이들이 나머지 959명의 목숨을 끊는 일을 담당하기로 한 것이다. 이들 열 명은 그때부터 어떻게 하면 고통을 주지 않고 단 한 번에 목숨을 끊을 수 있는지를 훈련을 받는다. 물론 그러는 동안 모든 사람들은 각자의 거처로 돌아가 목욕을 하고 옷을 갈아입은 뒤 무릎 꿇고 조용히 죽음을 기다린다. 그럼 훈련을 마친 열 명의 대표들이 각 사람의 거처를 찾아다니면서 한 사람씩 한 사람씩 목숨을 끊어 버린 것이다. 그리고 마침내 그 열 명은 스스로 목숨을 끊고 지난 3년간 그렇게도 버텨왔던 마사다의 정상에는 단 한사람도 살아있는 사람이 없게 된 것이다.

　다음날 새벽, 드디어 로마의 깃발을 앞세운 로마의 군인들이 경사로를 따라 마사다 정상에 올라왔고 파성추를 이용해 성을 부수고 그 안에

마사다 정상의 모습,
이곳은 헤롯왕이 만들어 놓은 곡물 창고이다

로마군인들이 마사다를 정복하기 위해 쌓아올렸던 경사로

들어갔지만 마사다 정상에선 그들이 예상했던 피비린내 나는 그 어떤 전투도 벌어지지 않았다. 한마디로 마사다 정상은 적막강산이었다.

치열하고 격력한 전투가 벌어질 것을 예상했던 로마 군인들은 허탈하지 않을 수 없었다. 로마군과 맞서 전투를 할 상대들이 모두 싸늘한 시체로 줄지어 누워 있는 채로 발견되었기 때문이다. AD70년, 이제 이스라엘이라는 국가는 지구상에서 사라져 버렸다. 예루살렘과 이스라엘 전역의 이스라엘 포로는 로마로 끌려갔고 어떤 이는 아프리카로 또 어떤 이는 남유럽쪽으로 도망가야 했다.

그리고 그때부터 시작된 디아스포라 즉 이산생활은 2천 년이나 이어져야 했다.

이스라엘의 마지막 항전 사건인 마사다 이야기는 유대의 역사가 요세

로마군인들이 마사다를 점령할 때 사용한
파성추

푸스에 의해서 기록이 되었지만 그 현장을 아는 사람은 아무도 없었다.

그러나 1838년 사해근처를 여행하던 미국인 학자 로빈슨[Robinson]과 스미스[Smith]에 의해 마사다가 발견되었고 1963년 이스라엘 정부는 이스라엘의 고고학자 이갈 야딘[Yigael Yadin]에게 마사다를 본격적으로 발굴해 줄 것을 부탁했다.

이갈 야딘은 이스라엘이 건국할 당시 참모총장이었지만 워낙 고고학에 관심이 많아 훗날 히브리 대학에서 고고학 교수로 재직 중이었다. 이갈 야딘은 1963년부터 약 3년에 걸쳐 마사다 현장을 발

막사에서 걸어나오는 이갈 야딘

굴했고 마사다 사건은 역사 속에서만 존재했던 것이 아니었다는 것을 밝혀냈다. 이곳에서 이갈 야딘은 헤롯왕이 만들어 놓았던 피난처의 화려한 모습을 발굴했고 예루살렘에서 도망 나왔던 유대인들의 저항 유물들을 발굴했다. 뿐만 아니라 로마 군인들의 진지도 발굴해 냈다.

이 박물관은 마사다로 올라가는 케이블카 탑승장이 있는 건물에 위치하고 있다. 건물의 중앙홀에는 마사다 산봉우리를 축소해서 만들어 놓은 모형이 있고 그 주변을 둘러싸고 있는 벽에는 벽돌 한 장 크기의 구멍이 수없이 뚫려 있는 것을 발견할 수 있다. 이것은 비둘기의 집을 형상화 한 것이다. 그때 당시 마사다에서 3년간 버티던 유대인들이 비둘기를 사육해 고기를 먹었다는 것을 알게 되었는데 그 비둘기 집을 형상화한 것이다.

이 건물에 있는 Masada Museum Memory of Yigael Yadin 박물관은 이갈 야딘이 마사다 유적지를 발굴할 당시 함께 출토된 각종 유물들을 네 개의 섹션으로 나누어 전시하고 있다. 첫 번째 섹션은 헤롯왕 시절의 유물들이다. 비롯 헤롯왕이 직접 사용한 적은 없지만 유사시에 사용하기 위해 준비해 놓았던 각종 항아리와 무기류 등을 전시해 놓았다.

두 번째 섹션은 예루살렘을 탈출한 유대인들이 3년 동안 마사다 산꼭대기에 머물면서 사용했던 유물들을 전시해 놓았는데 그곳에는 토라를 작성하기 위한 각종 펜과 잉크들 그리고 그들이 입었던 것으로 추정되는 천 조각들과 신발이 변질되지 않고 전시되어 있다. 특히 이곳에 전시되고 있는 것들 중에 인상 깊은 것은 그들이 집단 자살하기 직전에 다른 사람들의 목숨을 끊게 될 사람들의 이름이 적힌 깨진 항아리 조각들이다.

이 이름이 적힌 항아리 조각들이 과연 마지막 순간까지 살아남아 다

비둘기의 집을 형상화한 박물관 입구의 벽

른 이들의 목숨을 끊은 자들의 것인지는 확실치 않지만 그때 당시 다급했던 순간이 그대로 발굴되어 할로겐 조명 아래 자리를 잡고 있는 것이다.

세 번째 섹션은 3년 동안 마사다 산봉우리 밑에서 유대인들이 내려오기만을 기다리고 있던 로마 군인들과 관련된 것들이 전시되고 있다. 그 당시 로마 군인들이 사용하던 화살촉과 투구들이 발굴되어 전시되고 있고 한쪽에는 로마 군인들이 마사다를 올려다보며 기다리는 모습이 동상으로 제작되어 있다.

네 번째 섹션은 이 마사다 유적지를 발굴한 이갈 야딘과 관련된 것들을 전시해 놓고 있다. 이갈 야딘이 네게브 사막 한가운데서 막사를 차리고 간이 테이블과 의자에 앉아 연구결과를 정리하던 모습이 그대로 재연되어 있다.

이곳은 단순히 유물만 전시해 놓은 것이 아니라 각 섹션마다 그때 당시의 상황을 청동으로 만든 사람크기만한 인형과 각종 소품으로 재연해 놓고 그 옆에 유물들을 전시해 놓는 방식으로 해 놓았다.

전시장 입구에서 무료로 빌려주는 오디오 안내 장치를 목걸이에 걸고 다니면 전시장 안의 섹션으로 발걸음을 옮길 때마다 자동적으로 위치를 인식해 그 상황에 맞는 설명이 음악과 함께 들려나오도록 해 놓았다.

고대 이스라엘 역사의 마지막 순간을 직접 눈과 귀로 체감하면서 확인할 수 있는 곳은 이스라엘에서 Masada Museum만한 곳이 없다.

| | |
|---|---|
| 입장요금 | 어른, 어린이 20nis |
| 입장시간 | 4월~9월 08:00-17:00 ǀ 10월~3월 08:00-16:00 |
| | 금요일에는 한 시간 일찍 문을 닫는다. |
| 전화 | 08-658-4207/8 |
| 홈페이지 | www.parks.org.il |

헤롯왕이 사용하기 위해 준비해 두었던 항아리

전시장의 각 섹션에는 이렇게 청동으로 만든
인형이 상황을 알기 쉽게 설명해 주고 있다

유대인들이 토라를 작성하기 위해
사용하던 잉크와 펜들

유대인들이 입었던 옷의 천 조각
비교적 보존상태가 좋다

유대인들이 자살하기 직전에 만들어 놓은
제비뽑기용 항아리 조각

05

## 70년 예루살렘 멸망의 현장 번트 하우스
## Burnt House

　약관 25세의 나이에 갈릴리 지역의 총독으로 임명을 받은 뒤 로마의 환심을 얻게 된 에돔 출신의 헤롯은 드디어 37BC년에 로마로부터 이스라엘의 분봉왕으로 입지를 확고하게 굳히게 된다.

　그러나 정통 유대인이 아닌 에돔 출신의 왕이라는 신분 때문에 유대인으로부터 인정을 받지 못하게 되자 헤롯은 또 다시 유대인들에게 환심을 사기 위해 예루살렘 성중심에 있던 성전을 증축하는 대 공사를 펼치게 된다.

　537BC년 바벨론에서 돌아온 스룹바벨이 지었던 성전은 워낙에 급하게 만들었기 때문에 초라하기 이를데 없어 유대인들의 자존심이 많이 상

해있었는데 이런 상황을 꿰뚫은 헤롯은 많은 돈을 들여 원래의 성전 규모를 두 배로 늘려 증축하게 된 것이다.

헤롯이 증축한 성전의 규모가 얼마나 크고 웅장하게 만들었는지 유대 역사학자 였던 요세푸스에 의하면 성전의 문과 외부장식에 금을 입혀 멀리서 봐도 너무 반짝 거려 눈이 부실 정도였다고 하고 성전의 기둥둘레만 해도 성인 남자 세 명이 겨우 손을 잡아야만 서로 맞닿을 수 있을 정도였다고 했다.

뿐만 아니라 성전 벽의 주춧돌 하나의 크기도 가로가 45규빗(약22.5m)에 높이가 10규빗(5m)라고 하니 가히 초대형 건축물이라고 할 수가 있다.

그러나 헤롯은 기원전 4년 봄에 여리고에서 사망을 하고 그 후로 헤롯의 세 아들이 이스라엘을 나눠 통치하다가 통치력에 문제가 생기자 그 후부터는 로마로부터 직접 총독이 파견나와 통치를 하게 된다.

예수님에게 사형선고를 내린 빌라도 총독역시 그렇게 해서 이스라엘 땅으로 오게 되었는데 AD52년에 벨릭스Felix 총독이 통치하던 때에는 유대인들에게 더 많은 세금을 거둬들이기 위해 인구조사를 실시하게 된다. 하지만 이 같은 조치에 이스라엘 백성들은 심한 반감을 갖게 되고 전국 각지에서 반란이 일어나지만 로마의 무자비한 진압 작전으로 반란도 실패하고 만다

그러다가 AD64년 새로 부임해 온 게시우스 플로루스Gessius Florus 총독은 겨우 잠잠해진 이스라엘 백성들의 반감을 부추기는 일을 저지르고 만다. 이스라엘 민족의 종교적 지도자인 대제사장복의 제복을 압수하고는 성전에 보관되어 있는 많은 돈을 내야만 돌려주겠다고 하는 사건이 벌어진 것이다.

거기에다 설상가상으로 총독은 예루살렘의 성전마당에 로마황제의 동상을 세우게 되고 이를 못마땅하게 여긴 이스라엘 백성들이 동상을 부수는 등 대규모 반란이 또 다시 일어나면서 반란은 삽시간에 전국으로 퍼지게 된다.

　　다급해진 로마는 마침내 베스파시안을 앞세운 6만여 명의 대규모의 군대를 파견하여 갈릴리 등 지방의 반란군을 진압하지만 워낙 반란의 강도가 심하여 견고한 성으로 둘러싸인 예루살렘만 남게 된다. 이스라엘의 다른 지역과는 달리 예루살렘의 유대인들의 저항이 만만치 않았던 것이다. 게다가 예루살렘은 견고한 성벽으로 둘러 쌓여있기 때문에 제 아무리 강력한 군사력을 갖춘 로마 군인들이라 할지라도 성벽 안으로 진입해 들어갈 수가 없었기 때문이다. 베스파시안이 이끄는 로마 군인들은 철저하게 예루살렘을 포위하고 봉쇄하기 시작했다.

　　그러나 예루살렘은 외부에서 점령하려는 로마군인들에 의해서 붕괴되는 것이 아니라 성안의 내분에 일어난 내분 때문이었다. 성안에 갇혀있던 유대인들에겐 더 이상 외부에서 식량과 물이 들어오지 못하게 되자 강도떼들이 설쳐대었고 그들은 서로가 서로를 죽이며 인육을 먹기도 하는가 하면 유대인들이 그렇게 신성시 여기는 성전으로 들어가 성전기물들을 이용해 무기를 만드는 등 한마디로 아비규환의 예루살렘성이 되고 만 것이다.

　　그래서 어떤 유대인들은 차라리 로마 군인들이 빨리 성안으로 들어와 자신들을 구워해 주기를 바라는 사람도 있을 정도였다.

　　이기간 동안 베스파시안은 로마의 황제로 임명을 받아 로마로 돌아가고 예루살렘 함락작전에 또다시 베스파시안의 아들인 티투스 장군이 파견을 나오게 된다.

그리고 티투스 장군은 그때부터 철저하게 예루살렘성을 기만하기 시작했다. 성안의 모든 가옥을 불태우기 시작했고 성전도 허물어뜨렸다.

헤롯이 온갖 공을 들여 건축해 놓은 크고 웅장하고 화려했던 성전은 예수님이 예언하셨던 것처럼 돌 위에 돌 하나도 남지 않고 철저하게 파괴되고 무너졌다. 성전의 휘장은 불에 타 검은 연기를 하늘로 올라갔고 예루살렘 성안은 여기저기서 비명과 피비린내가 진동했다. 성전이 허물어지고 시꺼먼 연기에 휩싸인 성전을 바라보는 유대인들의 심정은 과연 어땠을까?

AD70년경 예루살렘 성안 도시의 모습 오른쪽에 성전이 보이고 그 앞쪽으로 Low city 왼쪽 위로 Upper city가 보인다

요세푸스에 따르면 이 전쟁기간 동안 1백 십만 명이 사망을 했는데 대부분이 유대인들이었고 9만 7천 명이 노예로 끌려갔다고 한다.

그 당시 예루살렘성 안은 시온산 근처의 높은 언덕에 위치한 윗 동네 Upper city가 있었고 또 아랫 동네Low city가 있었는데 윗 동네에는 주로 행정관이나 제사장 그리고 부유한 사람들이 살았다.

현재도 그 윗 동네는 유대인들이 모여 살고 있는데 이곳을 유대인 구역 Jewish Quarter라고 부른다. 이곳 유대인 구역에 가면 AD70년 당시 로마에 의해서 예루살렘의 가옥이 불에 탄 집을 발굴하여 박물관으로 바꿔 놓은 곳이 있다.

불에 탄 집 Burnt House라고 부르는 이 박물관은 겉으로 보기에는 그냥 평범한 건물의 입구처럼 보인다. 하지만 일단 이 건물의 입구를 지나 아래쪽으로 향하는 계단을 따라 약 6미터 정도 내려가면 그곳에는 AD70년의 그 아비규환이 그대로 멈춰서 고스란히 관람객을 맞이한다.

1967년에 있었던 6일 전쟁 이후 예루살렘을 되찾은 이스라엘에 의해서 발굴 작업이 시작되었는데 이곳에서 찾아낸 몇 가지 유물들 가운데서 이 집의 주인이름이 카토로스Kathros라는 사실을 알게 되었다.

AD70년 당시 이 집에선 발코니에만 나가도 모리아산에 우뚝 서 있는 그 화려하고 아름다운 성전이 한눈에 보였을 것이다. 그리고 하루에도 몇 차례씩 성전 안에서 드려지는 제사로 인해 하늘을 향해 올라가는 흰 연기를 두 눈으로 똑똑히 보았을 것이다.

그렇게 매일 하나님께 드려지는 감격스러운 제사를 발코니에서 바라보며 감사의 기도를 드렸을 이 집 역시 로마에 의해서 철저하게 부서지고 불에 타 버려 흙속에 묻혀 버린 것이다. 그래서 이 박물관 안으로 들어가

보면 그때 당시의 상황이 얼마나 긴박했었는지를 분명히 알 수 있다.

우선 이 집의 구조는 4개의 방과 1개의 거실 그리고 주방으로 되어 있고 게다가 정결의식을 행하던 미크베<sup>Mikveh</sup>(침례탕)까지 갖추고 있으니 분명히 예루살렘 성안에서도 부유층에 속했었을 것이다.

그럼에도 불구하고 이 집은 현재 가옥의 아랫부분만 겨우 남아 있으며 그것마저도 여기 저기 검은 그을음이 묻어있다. 이 그을음은 로마 군인에 의해 예루살렘 성 전체가 불바다가 되고 마침내 그 불길이 이 집안까지도 덮쳐왔다는 것을 의미하는 것이다.

이 집터에 여기저기에는 그 당시에 사용하던 돌로 된 테이블과 항아리들이 그대로 보존되어 있고 이집의 가족들이 사용했을 갖가지 그릇과 생활용품들도 전시되고 있다. 놀라운 것은 그 당시 불에 탄 어린 소녀의 뼈와 로마군인들이 들고 들어왔다가 그대로 놓고 나간 창도 발굴되어 전시되고 있다는 것이다.

주방에는 화덕과 그 위에 뭔가를 불에 데우고 있었을 질그릇이 오랜 세월 동안 흙속에 파묻혀 있다가 그대로 드러나 있다. 마치 AD70년의 그 날 그 순간이 그대로 멈추어져 있는 것만 같다.

이 박물관 안으로 들어가는 순간 모든 관람객들은 1천 9백여 년 전의 아비규환의 비명소리를 그대로 듣게 된다.

번트 하우스 박물관에는 하루에도 몇 차례씩 멀티미디어 쇼를 보여주는데 정말 볼 만하다.

유적지를 가운데 두고 빙 둘러 설치되어 있는 관람석에 앉게 되면 천정에서 박물관 안의 모든 조명이 꺼지면서 반투명의 스크린이 유적지 바로 위로 내려와 안내자가 화면에 나타난다. 그럼 그때부터 유적지에 대한 기본적인 설명을 해 주는데 설명에 맞춰서 요소요소에 조명이 비쳐준다. 그리고 잠시 후에 '예루살렘 성전 파괴 전날 밤The Eve of the Destruction of the Second Temple이라는 영화를 상영해 주는데 그 영화에선 바로 이 집의 주인인 카트로스와 그의 가족들이 로마에 의해 예루살렘이 공격당하는 그때 당시의 상황과 자신의 집이 불에 타는 그 순간들을 드라마로 보여 주는 것이다.

약 십여 분 간 진행되는 이 영화를 보고 나면 이 번트 하우스가 어떤 곳이었는지 더욱 확실하게 알게 해주고 지금 내가 서 있는 바로 이 장소가 얼마나 의미 있는 장소였는지 깨닫게 해 준다.

이 번트 하우스 박물관이 더욱 특별하게 느껴지는 이유는 이스라엘 사람들의 유적지를 활용한 전시방법의 아이디어라고 할 수 있다.

사실 돌로 쌓아진 허물어진 벽들과 그곳에서 발굴된 몇 가지 유물들을 그냥 그대로 노천에 전시해도 되었을 이곳을 이스라엘 사람들은 완벽한 엔터테인먼트로 탈바꿈해 놓았다.

우선 지하 6미터에서 발굴된 그 유적지 위에 현대식 건물을 쌓아 올렸고 그 안에 갖가지 특수조명과 음향효과 그리고 유적지 위에 허공에 나타나는 해설자의 모습, 게다가 그 당시의 상황을 완벽하게 재현한 짧은 영화까지 어우러져 한편의 드라마를 연출해 놓은 것이다. 유적지는 더 이상 돌무더기만 쌓여있는 지루한 공간이 아니었다. 박물관은 그저 할로겐 조명 아래 깨진 항아리를 전시해 놓는 그런 경직된 공간이 아니었다. 그곳에는 드라마가 있었고 컨셉이 있었고 기술이 있었다. 더욱 중요한 것은 사람의 심금을 울리는 감동이 있다는 것이다. 번트 하우스 박물관은 적어도 박물관이라면 이래야 한다고 자랑하는 것 같았다.

예루살렘의 유대인 구역에 있는 이 번트 하우스 박물관은 웬만해선 한국의 여행객들이 찾아가지 않는 곳이다. 하지만 그곳에 가면 전 세계에서 찾아온 여행객들이 줄지어 들어가는 모습을 볼 수가 있는데 예루살렘을 찾은 사람들에게 절대 빠질 수 없는 중요한 박물관이다.

| | |
|---|---|
| 입장요금 | 어른 25nis 청소년(12-18)20nis 어린이(12세까지) 12nis |
| 입장시간 | 일요일-목요일 09:00-17:00 금요일 09:00-13:00 토요일- 휴무 |
| 전화 | 02-628-8141 |
| 주소 | PO.BOX 14012 The Jewish Quarter, Jerusalem 91140 |
| 이메일 | hazmanot-rova@012.net.il |
| 홈페이지 | www.rova-yehudi.org.il |

06

# The Museum of Bedouin Culture

　　AD70년 이스라엘이 로마에 의해 멸망한 이후 그곳은 팔레스타인이라는 지명으로 바뀌게 되고 주인이 떠나 버린 땅에는 주변 국가에서 생활하던 유목민들이 찾아와 자리를 잡게 되었다.

　　이들이 바로 베두인<sup>Bedouin</sup>이다.

　　베두인들은 광야에서 양이나 염소 낙타 등의 동물을 키우며 천막생활을 하던 사람들이다. 겨울철 우기에는 사막지역으로 이동해서 동물들에게 풀을 뜯어먹게 하다가 여름철이 되면 또 다른 곳에 정착해 농사를 짓기도 하면서 산다.

　　현재도 이스라엘의 예루살렘에서 여리고로 가다보면 좌우로 펼쳐지는 유대광야에 살아가고 있는 베두인들을 쉽게 볼 수가 있다. 한여름에 유대광야를 가보면 풀 한포기 없고 양떼들이 뜯어 먹을 만한 아무것도 보이지 않지만 겨울철 우기가 되면 이곳은 마치 푸른 잔디밭처럼 들판 가득히 풀들이 자라난다. 바로 이 풀을 동물들이 뜯어 먹을 수 있게 하는데 한 지역에서 풀을 다 뜯어 먹으면 또 다른 지역으로 이동을 해야 하는 그야말로 떠돌이 생활을 하는 사람들이다.

사실 구약성경에 등장하는 아브라함과 그의 가족들도 유목생활을 하는 베두인들이었다고 해도 틀린 말은 아니다.

한 마을에 정착하지 않고 이동해야 하는 생활을 하기 위해서는 당연히 일손이 많이 필요했다. 그래서 그들은 가족계획을 하지 않으며 일부다처제로 부족사회를 이루고 살아가야 했다. 뿐만 아니라 언제 어디서 다른 부족들이 찾아와 목초지를 두고 싸움이 일어날지 모르는 상황이기 때문에 그들은 항상 허리에는 칼을 차고 다녔으며 자기 스스로를 부족의 힘으로 지켜낼 수밖에 없었다. 그만큼 서로와의 관계를 중요시하며 전통을 지키고 보수적인 생활을 해 올 수밖에 없었다.

이곳저곳 떠돌아다니는 생활은 살림살이를 아주 단출하게 만든다. 짐을 싸서 이동해야 하기 때문에 덩치가 크고 무거운 가구를 만든다거나 복잡한 물건을 갖고 있으면 안 된다. 그러다 보니 이들은 물건에 대한 욕심이 없다. 더군다나 오직 들판의 풀만 찾아다니다 보니 국가와 국가 사이에 그려 넣은 국경 따위에도 관심이 없었다.

그들에겐 오직 풀이 있는 들판만이 필요했고 그곳이 바로 그들의 집이 되었고 마을이 되었으며 국가가 되었다. 그래서 사실 예전의 베두인들에게 국적의 개념은 아무런 의미가 없었다.

광야에 설치된 베두인들의 천막

　현재 이스라엘의 네게브 사막둥지에 살고 있는 베두인들은 18세기에 아라비아 사막과 요르단 이집트의 시나이에서 이주해 온 사람들이 주를 이룬다.

　이들에게는 아주 독특한 문화가 있었는데 그것은 바로 손님을 환대한 다는 것이다. 하기야 그럴 수밖에 없는 것이 부족을 이뤄 살아가다 보니 이웃이 거의 없었다. 가족 외에는 외부인을 만날 일이 흔치 않았다. 그러 다가 낯선 사람이 찾아오면 너무나 반가워 집안으로 불러들인다. 만약에 손님을 받아들이지 않는다면 뜨거운 사막 길을 걸어오고 마실 물이 없어 목이 타는 여행자에게 햇빛을 피하지 못하게 하고 마실 물을 주지 않는다 면 그것은 살인행위나 다름 없기 때문이다.

단출한 베두인들의 살림

　이들이 손님을 얼마나 소중하게 여기는지는 한 예화를 통해서 알 수가 있다. 몇 명의 범죄자들이 사막으로 도망을 가 베두인 천막으로 찾아 갔다고 한다. 이 소식을 들은 군인들이 그 베두인 천막으로 찾아갔지만 베두인은 군인들에게 범죄자를 내놓지 않고 그 대신 자기가 갖고 있던 총으로 자기의 낙타를 쏴 죽인 것이다.

　내가 지금 이렇게 나의 가장 소중한 재산인 낙타를 총으로 쏴 죽였으니 그 다음에는 어떤 행동을 할지 모른다고 으름장을 놓았다는 것이다. 그만큼 자기 집으로 찾아온 손님만큼은 확실하게 안전을 보장한다는 얘기다.

　그러나 현재 예루살렘 근처의 유대광야에서 살아가는 베두인들은 전통적인 의미의 베두인들과는 약간의 차이가 있다.

우선 그들은 오랜 전통의 천막생활이 아니라 양철과 나무판자로 얼기 설기 만들어 놓은 집에서 살고 있으며 웬만한 가정은 승용차와 급수용 트럭등 자동차도 몇 대씩 갖고 있는 경우도 있다.

이곳에 사는 베두인들은 유대광야 중간 중간에 이스라엘 정부에서 설치해 놓은 급수시설에서 자신들의 급수용 탱크가 달린 트럭을 몰고 가 물을 받아 생활하기도 하고 또 어떤 베두인들은 휴대폰까지도 사용하는 경우가 있다.

하지만 이스라엘의 남부 도시 아라드의 근처 사막에서 살고 있는 베두인들은 그야말로 전통적인 천막을 치고 살아가는 사람들이다.

이들은 유대광야에서 전기와 수도 시설 없이 그야말로 예전의 전통적인 모습을 그대로 이어가며 살아가고 있는 것이다.

1948년 이스라엘이 세계 각지에서 돌아와 이스라엘을 건국하고 나서부터 사막 지역에 살고 있는 베두인들을 정리하는 일부터 시작하게 된다.

사막에서 도시 사회와 단절된 생활을 하다 보니 의료와 교육 부분이 취약했기 때문이었다. 베두인들은 그때 당시만 해도 약 95%가 문맹자들이었다. 특히 사막에서 기르는 양과 염소들이 아무런 조치 없이 그대로 방목하고 그 고기들이 도시생활을 하는 사람들에게 공급되는 것에 대해서 불안을 느끼지 않을 수 없었던 것이다.

더군다나 베두인들의 숫자는 1948년 이후로 약 10배가량 늘어나는 현상까지 일어나게 되자

결국 이스라엘 정부는 우선 1967년 이스라엘의 남부 브엘세바 근처에 베두인 집단 마을을 만들어서 현대식 건물을 짓고 전기와 수도를 공급하

며 나름대로 문명의 생활을 하게 했고 베두인들에게 직업을 제공하기까지 했었다.

조상 대대로 입어왔던 전통적인 옷 대신 바지와 티셔츠 등을 입혔다. 머리에 뒤집어썼던 카피야도 벗게 하고 머리를 짧게 자르도록 했다.

이 조치로 베두인들이 문맹률은 약 25%까지 내려가기는 했지만 오랜 세월동안 들판에서만 살아왔던 그들이 도시생활에 적응하는 데는 역시 한계가 있었다. 직업을 얻어 취직을 했지만 특별한 기술이 없다는 이유로 도시인들에 비해 열악한 노동현장만이 기다리고 있었고 도시인들과 어울려 일을 하는데 어려움이 생겼던 것이다.

베두인들에게 낙타는 가장 큰 재산이다

베두인들이 사용하고 있는 물탱크

결국 이들 중 상당수 는 이스라엘 정부에서 만 든 집단마을을 떠나 사막 으로 돌아가고 말았다.

더군다나 이스라엘 정부는 전국토의 국유화 를 하는 과정에서 베두인 들이 오랜 세월 동안 동 물들을 풀어놓고 기르던 땅 마저도 국가 소유로 편입해 버렸다. 그러자 1970년대 이후 베두인들은 이스라엘 정부에 자신들의 토지를 인정해 달라고 요구하기 시작했고 이 스라엘 정부는 등록한 토지와 천막에 대해서만 소유권을 인정해 주기로 했다.

그러나 문맹자들이 많았던 베두인들 중에는 정부의 등록 시행 정책에 미처 따라가지 못하면서 아직까지 등록하지 못한 땅과 천막들이 많이 있 으며 또 오랫동안 조상 대대로 동물을 키워왔던 그 땅을 이스라엘 정부에 등록해야 하는지 그 이유를 찾지 못하겠다며 등록을 거부한 사람들은 현 재까지도 그들의 천막과 가건물들이 모두 불법으로 간주되어 있는 처지 이다.

현재 이스라엘에는 네게브 사막에 약 11만 명 그리고 중부지방에는 약 1만여 명 북쪽에는 5만여 명 모두 17만여 명이 살고 있으며 이 숫자는 이스라엘 전체 아랍인들의 약 12%를 차지한다. 이들이 소유하고 있는 양 의 숫자는 약 20만 마리 염소는 약 2만 마리 정도로 추산하고 있다.

이스라엘 베두인들의 삶을 한눈에 보고 직접 체험할 수 있도록 꾸며 놓은 곳이 바로 브엘세바 근처에 있는 베두인 문화센터이다. 찾아가는 길은 좀 어렵지만 베두인들의 삶을 보고 체험해 보기를 원하는 사람들이라면 꼭 한번 들러 볼 것을 권한다.

박물관으로 들어가는 입구에는 Joe Alon center라고 간판이 붙어 있어 좀 의아스럽다. 이 박물관은 베두인 문화센터만 있는 것이 아니라 이스라엘 공군을 창설한 Joe Alon(1929-1973)이라는 사람의 기념관이 함께 있기 때문이다.

어쨌든 안으로 들어가면 넓은 마당을 사이에 두고 오른쪽에 Joe Alon 기념관이 있고 건너편 건물이 바로 베두인 문화센터이다.

이 박물관은 2층 구조로 되어 있는데 아래층에는 주로 베두인들의 생활하던 모습을 보여준다. 그들이 사막에서 천막을 치고 살아가던 주거지들을 미니어처로 꾸며 놓았고 또 그곳의 아이들이 갖고 놀던 장난감과 그릇이나 갈대로 만든 바구니 등 여러 가지 생활도구들이 전시되어 있다.

2층에는 베두인들의 가장 값비싼 재산이었던 낙타의 안장을 예쁘게 꾸미던 장식품들과 사막에서 동물을 잡던 그물과 각종 덫 그리고 그들이 입고 있었던 의상 그리고 그들이 옷을 만들어 입는 방식을 그대로 재연해 놓았다. 각종 마네킹을 이용해 전시해 놓고 있다. 중앙 천정에서 아래층으로는 베두인들이 사용하던 화려한 카펫을 길게 늘어뜨려 전시하고 있고 벽에는 각종 사진 자료들이 전시되어 있다.

전시물 중에 의상을 입고 갖가지 자세를 취하고 있는 마네킹은 좀 우스꽝스럽기는 하지만 이스라엘의 유일한 베두인 문화 박물관이라는 점에서 점수를 줄 수 있다.

　　박물관 밖을 나오면 주변은 울창한 숲속으로 되어 있어서 한가롭게 벤치에 앉아 케이크와 함께 커피를 마실 수 있도록 카페가 준비되어 있다. 특히 뒷마당에는 베두인들이 사용하던 천막을 설치해 놓아 관리인에게 부탁을 하면 그곳에 들어가서 구경을 하며 베두인들이 직접 타 주는 각종 차를 마시고 둘러 볼 수 있는 코스도 마련되어 있다.

| 입장요금 | 성인 어린이 모두 25nis |
|---|---|
| 입장시간 | 일요일-목요일 09:00-16:00 |
| | 금요일 09:00-14:00 |
| | 토요일 09:00-16:00 |
| 전화 | 08-991-3322 |
| 주소 | kibbutz Lahav 근처 |

07

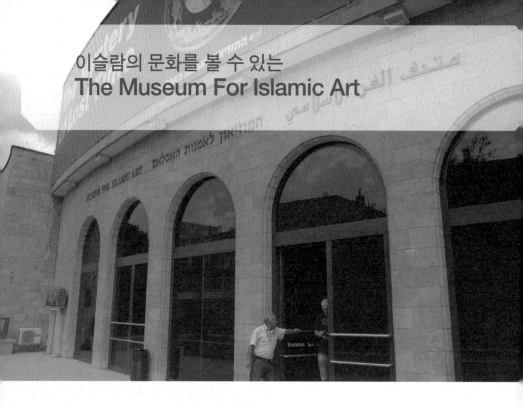

# 이슬람의 문화를 볼 수 있는
# The Museum For Islamic Art

 

예루살렘이 멸망하고 250년 뒤 이스라엘과 인접한 아라비아 반도에
선 이스라엘의 역사를 새로운 국면으로 들어가게 하는 사건이 일어난다.

570년 아라비아 반도의 메카$^{Mecca}$라는 곳에서 태어난 마호메트
Muhammad는 어린 나이에 부모를 모두 잃고 숙부로부터 양육을 받으며
성장하게 된다. 그러다가 예루살렘의 멸망이후 아라비아 반도로 유입된
이스라엘 백성들이 그들의 신인 하나님을 믿는 것을 보고 유대교에 깊이
심취하게 된다.

그 당시 아랍인들은 나무, 바위, 별 같은 자연을 신으로 섬기는 토테
미즘$^{totemism}$ 신앙을 갖고 있었는데 이것으로 자신의 인생과 사후 세계를 맡

기기에는 한계가 있다고 생각하던 차에 유일신을 섬기고 그 종교 안에 현세와 사후세계까지 명쾌하게 정리되어 있던 유대교는 마호메트로 하여금 매력을 느끼기에 충분했던 것이다

마호메트는 드디어 메카 근처의 굴속에서 명상을 하다가 가브리엘 천사로부터 자신이 모세보다 위대한 새로운 예언자라는 명령을 듣게 되는데 이것이 바로 이슬람의 탄생을 알리는 것이었다.

그러나 마호메트는 자신의 신앙적 모태가 되는 유대인들로부터 유대인이었던 예수도 예언자로 인정을 안 하는데 어떻게 아랍인이 하나님의 예언자가 될 수 있냐며 무시를 당하는 수모를 겪게 된다. 게다가 여러 신을 숭배하던 메카의 지도자들에게 심한 반감을 산 마호메트와 그의 추종자들은 극심한 박해를 받게 된다.

그러나 마호메트는 그 와중에서도 점점 늘어나는 추종자들과 함께 군대를 결성하여 전투를 벌임으로써 메카를 점령하고 도시 곳곳에 세워져 있던 동상들을 부수고 사람과 동물이 그려진 각종 그림들을 떼어내 불태웠다.

뿐만 아니라 아라이바의 각 지역을 피와 비명이 난무하는 가운데 이슬람으로 개종을 시키고 교단을 형성하게 된다. 마호메트를 중심으로 한 이슬람 교인들은 멀리 예루살렘까지 그 종교를 전파하게 되는데 622년 마침내 예루살렘의 성전이 있던 그 자리에서 마호메트는 가브리엘 천사와 함께 하늘로 승천했다가 또 다시 아라비아 반도에 나타났고 632년 숨을 거두고 만다.

아브라함이 아들 이삭을 하나님께 제물로 바치려고 했던 장소 그리고 훗날 솔로몬 왕이 하나님께 제사를 드리는 성전을 지었던 장소 그러다가

결국 로마에 의해 성전이 무너지고 한동안 로마의 신인 주피터의 신전이 세워졌던 자리 바로 그 자리에서 마호메트가 하룻밤 사이에 메카에서부터 말을 타고 날아와 바로 그 자리에서 하늘로 승천을 했으니 이곳은 이스라엘 백성들의 중요한 성지임과 동시에 이슬람 교도들에게도 메카 다음으로 중요한 성지가 되고 마는 얄궂은 운명을 갖게 된다.

그렇다면 마호메트는 왜 하필이면 아브라함이 아들 이삭을 하나님께 바치려 했던 장소로 메카에서부터 말을 타고 날아간 것일까? 놀랍게도 이슬람의 경전인 코란에는 아브라함이 하나님께 바치려 했던 아들이 이삭이 아니라 이스마엘이라고 적혀 있기 때문이다.

황금사원-무슬림들은 이곳에서 아브라함이 이스마엘을 하나님께 바치려고 했다고 믿고있다

아랍인들에게도 조상이 되는 아브라함이 하나님께 이스마엘을 바치려 했던 장소는 더할 나위 없이 이슬람교도들에게도 중요한 자리가 아닐 수가 없는 일이다.

마호메트가 죽은 이후로 그의 두 번째 후계자 칼리프 오마르는 마호메트가 승천했다는 바로 그 예루살렘의 성전 자리를 찾아와 사원을 짓게 되고 그 후 691년 칼리프 압둘 마릭에 의해 세워진 사원이 바로 지금의 황금사원이 된 것이다.

이때부터 예루살렘을 비롯한 팔레스타인 전역은 이슬람의 땅으로 돌변하게 되었다. 7백여 년 전 예루살렘등지에서 살고 있던 유대인들이 전 세계로 흩어진 이후 돌아와서 살게 된 아랍 유목민들은 아라비아 반도에서 건너온 이슬람 종교를 아무런 저항 없이 그대로 받아들였고 이슬람 종교는 그들의 삶이자 생활전부나 마찬가지가 되었다.

이슬람 종교는 유대교와 기독교와는 다르게 성직자가 존재하지 않는다. 물론 그들이 예배를 드릴 때 앞에서 인도하는 이맘이라는 직책이 있지만 이맘은 어떤 특별한 교육을 받은 자만이 할 수 있는 것은 아니다.

그 대신 이슬람 종교를 믿는 무슬림들은 다섯 가지의 종교적 의무를 갖게 된다. 첫 번째는 '알라신 외에는 다른 신은 없으며 모하메드는 알라의 사도이다'라고 고백하는 것이다. 무슬림들은 이런 신앙고백을 마치 기독교인들이 주기도문을 외우고 사도신경을 외우듯이 늘 고백한다. 두 번째는 하루에 다섯 번씩 사우디아라비아의 메카를 향해 엎드려 기도를 해야 하는 것이다. 지구상의 어느 곳에 있던지 그리고 어떤 일을 하던지 새벽에 동트기 직전에 그리고 오전에 한번 정오에 한번 오후에 한번 저녁 일몰 후에 한번 이렇게 다섯 번씩 기도를 해야만 한다. 세 번째는 가난한

사우디아라비아의 메카에 있는 카바신전에서 순례 중인
무슬림들

자들에게 베푸는 자선행위이다. 이것을 자카드$^{Zaka}$t라고 하는데 무슬림들은 누구든지 자기가 번 일 년 수입의 40분의 1은 가난하고 병든 자 그리고 과부들을 위해 사용해야 한다. 네 번째는 일 년에 30일간 금식을 하는 라마단을 지켜야 한다는 것이다. 라마단이란 모하메드가 코란을 계시받은 이슬람력의 9월 한 달을 거룩한 달로 기념하며 금식을 하는 것이다. 이때에는 아침 동튼 후부터 해가 지기까지 물이나 음식을 전혀 먹어선 안되고 담배를 피워서도 안 되며 부부관계를 할 수도 없다. 하지만 어린 아이나 임산부 그리고 환자는 금식을 하지 않아도 된다. 다섯 번째는 무슬림이라면 누구나, 그러나 능력이 되는 한도 내에서 죽기 전에 반드시 사우디아라비아의 메카 카바 신전을 방문하는 성지 순례이다.

이 다섯 가지를 모두 이슬람의 다섯 기둥이라고 하는데 무슬림들은 이것을 반드시 지키려고 노력한다.

이슬람 종교는 그들의 경전인 쿠란에 의해 아주 독특한 문화를 발전시켜 나갔다. 그중에 하나가 동물이나 인물을 그림을 그리지 않는다는 것이다.  그러다 보니 조각은 상대적으로 다른 문명에 비해 발달이 되지 않았다. 원래 조각이란 동물이나 사람의 모양을 주 소재로 많이 사용하는데 종교적 이유로 그것을 조각하지 못하니 상대적으로 조각문화는 발달하지 않았다.

그 대신 아라베스크라고 하는 독특한 모양의 선과 그에 걸맞은 색채로만 표현한다. 그것이 적절히 표현되는 것이 바로 이슬람 사원의 벽면 장식이나 무슬림들이 기도할 때 바닥에 까는 카펫 문양들이다. 아라베스크 문양은 직선과 곡선이 특이한 형태를 이루며 서로 연결되기도 하는 문양으로 독특한 아름다움을 보여준다.

특히 이슬람 공예는 금속세공과 유리, 도자기 등은 아주 화려하게 발전했다. 금속을 다루는 기술이 유난히 뛰어났던 아라비아 문명은 금속세공의 꽃을 피우며 갖가지 문양과 형태로 다양한 장식품들을 만들어 냈고 유리와 도자기에 그려 넣는 아라베스크 문양은 독특한 이슬람 문화를 구축해 냈다.

더군다나 이슬람 종교와 아랍인들에게는 카펫이 필수적인 것이었다. 모래바닥으로 이뤄진 사막에 이동용 천막을 치고 살아야 했던 아랍인들에게는 카펫만한 바닥재가 없었고 또 하루에 다섯 번씩 바닥에 엎드려 메카를 향해 기도해야 하는 무슬림들에게도 카펫은 반드시 필요한 것이었다. 그러니 이들이 카펫을 아름답게 장식해야 했고 그 장식은 아라베스크 문양만한 것이 없었다.

이런 이슬람 회화를 한자리에서 원 없이 감상할 수 있는 곳이 바로 예루살렘에 있는 이슬라믹 아트 박물관이다.

박물관은 3층 구조로 되어 있으며 모두 9개의 시대별 섹션으로 나뉘어져 있다.

우선 입구에 들어가자마자 만나게 되는 1층의 전시실로 들어가면 정면에 Introduction to Islam 섹션이 있는데 이곳에는 이슬람을 전체적으로 소개하는 여러 가지 각종 책과 쿠란 그리고 모자이크 타일로 되어 있는 아라베스크 문양이 아름답게 장식되어 있다. 이 전시실 양옆에는 오른쪽에 The early period 그리고 왼쪽에 The middle age 전시실이 마련되어 있다.

이층으로 올라가면 왼쪽에 Late Iranian art, 중앙에 Ottman 시대의 예술작품들이 있다. 그리고 왼쪽에는 Mogul art 전시실이 마련되어 있다.

각 전시실은 세련되고 은은한 조명으로 꾸며져 있어 황금으로 만들어진 여러 가지 예술작품과 이슬람여인들의 화려했던 장식품들이 아름답게 전시되어 있다.

2층 전시실을 둘러본 후 지하 전시실로 가면 그곳에는 이슬람 군인들의 여러 가지 무기들이 전시되어 있고 맞은편에는 The Sir David Salomons Collection of Watches and Clocks 전시실이 있다.

입장요금     어른 40nis 학생 30nis 어린이 20nis
입장시간     일요일,월요일,수요일 10:00-15:00
화요일,목요일 10:00-19:00
금요일 10:00-14:00 | 토요일 10:00-16:00
전화     2-566-1291
주소     HaPalmach St. 2, Jerusalem
위치     Jerusalem Theater 근처

08

# 십자군의 도시 박물관
# Underground Prisoners Museum

로마에서 콘스탄티노플<sup>Constantinople</sup>로 수도를 옮긴 로마 제국은 의외로 번성하지 못했다. 찬란했던 로마 제국은 서서히 기울어져 갔고 마침내 1092년경 콘스탄티노플은 셀주크 투르크라는 이슬람교도들에게 위협을 받게 된다.

이에 콘스탄티노플의 비잔틴 제국 알렉시우스<sup>Alexius</sup> 1세는 로마의 교황에게 지원을 부탁하게 되는데 이것이 바로 십자군 원정대의 결정적 계기가 된다. 그 당시 중세 유럽에선 그리스도 교인이 개인 또는 집단으로 성지순례를 떠나는 경우가 많았다. 그들은 유럽을 출발해서 예루살렘으로 가기위해선 반드시 콘스탄티노플을 거쳐 가야 하는데 바로 이곳에 이슬람교도들이 장악을 하고 있으니 성지순례자들은 늘 불안에 떨어야만 했기 때문이다.

**십자군의 모습**

그러나 십자군 원정에 불을 붙일만한 사회적 원인은 따로 있었다.

그 당시 유럽의 기독교는 사람이 지은 죄를 40일에서 7년간의 고행으로 규정지었다. 이런 규정에 따르면 살인 같은 중죄를 저지르지 않은 평범한 사람일지라도 평균 300년의 고행을 각오해야만 했었다. 그러니 누구나 평생을 고행으로 보내야 했는데 이것을 돈으로 속죄하는 방식을 택하기도 했고 또 어떤 사람은 매를 맞는 것으로 속죄를 대신했다.

그러나 돈이 없고 매를 맞을 자신이 없는 사람들이라면 이교도들과 싸우는 길 뿐이었다.

그런데 때마침 콘스탄티노플에서 들려오는 이교도들의 침략소식과 성지 팔레스타인 땅을 이교도들이 장악하고 있으며 심지어는 성지를 훼손시키고 있다는 소식까지 들려오니 당연히 기독교인들로서는 이교도를 물리치러 갈 수 밖에….

더군다나 그 당시 중세 유럽은 장남 이외에는 부모의 유산을 물려받을 수 없는 사회적 풍습 때문에 장남이 아닌 남자들은 뭔가 새로운 세계에 대한 욕구가 남달랐다. 성지로 찾아가 이교도들을 내몰고 그곳에 새로운 삶의 터전을 가꾸는 것 이것이 바로 중세 유럽의 기독교인들의 간절한 소망이었던 것이다

거기다가 그 당시 교황이었던 우르반<sup>Urban</sup> 2세는 가슴과 어깨에 진홍

빛 십자가를 새긴 십자군을 형성해 이교도들에게 점령당한 성지 탈환 작전의 명령을 내렸다.

해안가를 따라 건축된 성벽

1096년, 마침내 주로 힘없고 돈 없는 그래서 군사 훈련 조차 제대로 받아보지 못한 농민들로 구성된 제1차 십자군 원정대가 성지로 출발하게 된다.

여러 가지 사연을 나름대로 가슴에 안고 먼 길을 걸어서 에루살렘에 온 십자군들은 그곳에 자리를 잡고 살고 있는 수많은 무슬림들을 살육하기 시작했다. 그리고 예수를 못 박아 죽게 했던 유대인들도 보이는 대로 잡아 죽이기 시작했다.

멀리서 갑자기 찾아온 십자군이 팔레스타인 땅에서 하나님의 이름을 빌려 벌였던 피의 잔치 대 참사극이었다.

그렇게 해서 처음에는 십자군의 성지탈환은 순조롭게 되는 듯했다. 하지만 그 소식을 들은 이슬람 국가의 연합작전과 계속되는 반격으로 인해 십자군의 세력은 꺾이고 만다.

더군다나 여덟 차례에 걸쳐 찾아오는 십자군간의 세력다툼, 충분하지 못한 전투력, 유럽에서 팔레스타인 땅까지 찾아오는 동안 겪게 되는 더위와 전염병, 그러나 더욱 중요한 것은 소수의 십자군이 다수의 현지인을 지배한다는 것은 늘 기초가 흔들릴 수밖에 없는 상황이었다.

결국 1187년 팔레스타인 땅은 시리아의 정복자 살라딘이 찾아와 정복을 하고 만다. 살라딘의 십자군 격퇴 이후로 여섯 차례나 십자군이 찾아왔지만 번번이 실패를 하고 팔레스타인 땅은 또 다시 1917년 영국이 그곳을 지배하고 있던 오스만 투르크 제국을 몰아내고 위임통치를 하기 전까지 이슬람의 땅으로 바뀌었다.

그때 당시 십자군이 총사령부 기지로 사용했던 곳이 바로 이스라엘의 북부 해안 도시 아코^Akko였다.

아코는 과거 이집트의 톨레미$^{Ptolemy}$ 왕조에 의해서 돌레마이로 불리었고, AD67년 유대 반란 당시 유대인 2천여 명이 학살을 당한 곳이었다. 그후 로마의 베스파시안 장군은 이곳을 중요한 군대의 주둔지로 삼기도 했었다.

그 후 AD640년에는 이슬람교도들에 의해 점령되고 만다. 해안가의 돌출된 부분에 위치한 아코는 워낙에 성벽을 단단하게 쌓아올린 곳이라 적들이 쉽게 접근할 수 없을 뿐만 아니라 바닷길과도 곧바로 연결되어 있기 때문에 해상을 통해 병력과 군수물자를 보급받을 수 있는 천혜의 요새와 같은 곳이었다.

따라서 십자군에게는 이 아코야 말로 반드시 빼앗아야 할 곳이었고 마침내 1104년에 십자군은 이곳을 점령하고 아코를 중심으로 한 성지 회복 작전을 수행하게 되었다.

이때 십자군들이 주로 프랑스인들로 구성되어 있었기 때문에 이곳을 프랑스어로 아크레$^{Acre}$라고도 불리우게 된 것이다.

그러나 1187년 이슬람의 영웅이라고 할 수 있는 살라딘에 의해서 예루살렘이 탈환이 되고 그 여새를 몰아서 아코도 십자군의 손에서 빼앗게 된 후 또 다시 2년간의 오랜 사투 끝에 1191년 십자군에 의해서 다시 함락이 된다. 하지만 1291년 마물룩에 의해서 함락이 되면서 십자군의 총사령부 기지였던 아코의 시대는 끝을 맺는다.

이로써 여덟 차례에 걸친 십자군 원정대는 사실상 막을 내리게 된 셈이다. 무슬리에서 십자군으로 다시 무슬림으로 또 다시 십자군에서 무슬림으로 아코의 주인은 그렇게 약 2백 년에 걸쳐서 여러 차례 바뀌며 무슬림의 문화와 십자군의 문화를 그대로 간직해 놓은 타임캡슐이 되어 있다.

    예루살렘에서 북쪽으로 약 180km 위에 있는 아코에 가면 이런 역사의 단층들을 그대로 볼 수가 있다. 현재 아코는 올드 아코$^{Old\ Akko}$와 뉴 아코$^{New\ Akko}$로 나뉘어져 있는데 올드 아코에는 주로 아랍사람들이 살고 있으며 뉴 아코에는 유대인들이 살고 있다. 이 두 개의 도시를 나누는 것이 바로 1750년과 1840년 사이의 오트만 터키 시대에 십자군의 성벽을 기초로 해서 쌓아올린 거대한 성벽이다. 해안가로부터 시작된 성벽은 올드 아코를 빙둘러 세워져 있는데 지금까지도 성벽의 웅장함이 그대로 남아있어서 십자군의 도시가 얼마나 웅장했었는지를 보여 준다.

    그 성벽 안으로 들어가서 깊숙한 곳에 자리 잡은 칸 엘 움단$^{Khan\ Al\text{-}Omdan}$이라는 곳은 무슬림 시대의 호텔이라고 할 수 있는데 이곳은 비교적 최근인 18세기에 사용하던 상인과 여행자들의 숙소였다. 칸$^{Khan}$이라는 말은 여행자라는 뜻이고 움단$^{Omdan}$이라는 말은 기둥을 뜻한다.

그래서 이곳에 가면 사방에 여러 개의 아치 기둥이 세워져 있는데 모두 2층 구조로 되어 있다. 1층은 마구간이었고 2층은 숙소로 사용되었다.

이곳에 가면 18세기 당시 아코가 얼마나 많은 상인들이 찾아오는 중요한 상업 지역이었는지를 알 수가 있을 만큼 그 당시 숙소의 규모에 입을 다물지 못하게 한다.

하지만 무엇보다 올드 아코의 초입 부분에 있는 십자군의 지하도시 박물관이 제일이다. 이곳은 12세기 십자군이 아코에 주둔하면서 건설한 지하도시인에 안으로 들어가면 상상도 못할 정도의 규모로 되어 있는 여러 개의 기사들의 방과 죄수들을 가두던 방 넓은 마당이 있다

이스라엘의 성지를 지키기 위해 이곳까지 달려온 십자군들의 숨결을 느낄 수가 있는 곳이다. 하지만 이곳은 십자군이 쇠퇴하면서 그들의 은신처로 바뀌었다고 한다.

| | |
|---|---|
| 입장요금 | 성인 27nis \| 어린이 23nis |
| 개장시간 | 여름 일요일~목요일 08:30-18:00 \| 금요일 08:30-17:00 |
| | 겨울 일요일~목요일 08:30-17:00 \| 금요일 08:30-15:00 |
| 전화 | 04-995-6706 |
| 주소 | 1 weitzman st. old acre |
| 홈페이지 | www.akko.org.il |

09

# 오스만 투르크의 걸작 다윗의 망대 박물관
# Tower of David Museum

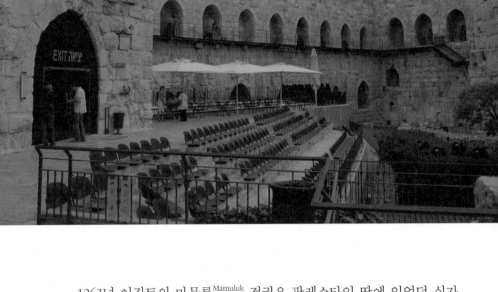

    1263년 이집트의 마물룩<sup>Mamuluk</sup> 정권은 팔레스타인 땅에 있었던 십자군들을 모두 쫓아내고 그때부터 이곳은 약 250년 동안 해안 도시를 점령했다. 이미 여러 차례의 전투를 겪은 예루살렘은 황폐하기 이를 데 없었고 계속 이어지는 지진과 질병 거기에다 시도 때도 없이 나타나는 도적떼들로 그야말로 무주공산과 다를 바 없었다. 덕분에 예루살렘으로 찾아오는 성지순례객들이 약 10여 년 간 발길이 끊기기까지 했다. 그럼에도 불구하고 마물룩 정권은 예루살렘의 치안을 확보하는 데는 별 관심이 없었고 관리들은 세금만 걷어갈 뿐 무능하고 부패하기 이를 데 없었다. 그 대신 1400년 경 티무르 왕이 거느리던 몽고족이 팔레스타인을 침략했을 때

보기 좋게 쫓아내는 일을 해냈다. 뿐만 아니라 팔레스타인 여러 도시에 건물을 짓기 시작했는데 그들의 종교였던 이슬람 사원과 숙소를 건축했다. 이들이 이렇게 건물을 짓는 노력을 보였던 것은 한동안 십자군들에 의해 세워진 건물들을 모두 부숴 그들의 잔재를 없애고 이슬람 사원을 건축하는 것이 자신들의 커다란 업적이자 신앙적 선행이라고 믿었기 때문이다.

예루살렘은 십자군의 피나는 노력에도 불구하고 또 다시 이슬람 종교로 뒤덮였고 경제적으로는 나락의 길을 걷고 있었다.

이때 당시 오스만 투르크<sup>Ottoman Turk</sup>는 아나톨리아 지방에서 세력을 확장하고 지중해 동부를 석권한 다음 유럽의 진출을 시도해 1453년에는 콘스탄티노풀<sup>Constantinople</sup>까지 점령하게 되고 그곳의 지명을 이스탄불이라고 바꾸어 놓는다.

예루살렘으로 입성하는 오스만 투르크 군인들

이렇게 위쪽에선 오스만 투르크가 세력을 확장하고 있을 때 남쪽의 마물룩 정권은 이집트와 아라비아 남부 메소포타미아, 레바논, 시리아, 팔레스타인 등을 차지하고 있었다.

이제 두 정권의 충돌은 불가피해졌다.

하지만 칼과 활이 전부였던 마물룩 정권은 총과 대포로 무장한 오스만 투르크를 이겨낼 재간이 없었다.

결국 1517년 이집트의 카이로까지 진출한 오스만 투르크는 마물룩 정권을 몰아내고 그 중간 지점에 있었던 팔레스타인을 차지하게 된다.

이로서 예루살렘은 또 다시 격변의 세월을 맞이하게 되면서 그때부터 1922년 영국의 팔레스타인 위임 통치가 시작되기 전까지 약 4백여년 간 오스만 투르크의 점령하에 놓이게 되고 새로운 변화를 맞게 된다.

예루살렘은 오스만 투르크 관리들에게 아주 중요한 곳이었다. 아프리카 지역의 무슬림이나 유럽의 무슬림들이 아라비아 반도의 메카와 메디나를 향해 성지순례를 가기 위해서는 어쩔 수 없이 거쳐야 하는 지역이었고 또 매년 성탄절이나 부활절이 되면 유럽의 기독교인들이 예루살렘으로 성지순례를 찾아오는 곳이었기 때문에 이들에게서 거둬들이는 세금이 꽤 많았기 때문이다.

그러나 오스만 투르크가 예루살렘을 점령한 이후 아주 기념에 남을 만한 일도 있다. 그것은 허물어진 예루살렘의 성벽을 재건축하는 일이었다. 이들이 예루살렘 성벽을 재건축하는 것은 예루살렘의 과거 유적지를 복원하기 위해서가 아니라 예전에 퇴각시켰던 마물룩 정권이 또 다시 예루살렘을 향해 진격해 올 것을 대비하기 위한 일종의 방어 시설이었다.

이 성벽 재건축을 진두지휘한 인물이 바로 술래이만 1세(Sulayman I)이다.

술래이만은 이미 허물어진 예루살렘 성벽 기초에 큰 바윗돌로 다시

쌓아올렸는데 그 성벽이 현재 예루살렘의 올드시티를 감싸고 있는 둘레 6km의 성벽이다.

그런데 이 성벽을 쌓는 과정에서 술래이만은 엄청난 실수를 저지르고 만다. 그것은 성벽을 쌓기 전 건축 기사들이 성벽의 설계를 하면서 기독교인과 무슬림들에게도 성스럽게 여기는 시온산을 밖으로 빼놓고 성벽을 쌓아올렸던 것이다. 그래서 현재도 예루살렘의 시온산은 성벽 밖에 위치해 있는 것을 볼 수 있다. 나중에 이 같은 사실을 알게 된 술래이만은 중대한 실수를 저지른 성벽 설계자를 참수형에 처했다는 것이다.

술래이만은 성벽을 쌓아올린 것뿐만 아니라 현재까지 존재하고 있는 황금사원의 외벽을 아름다운 모자이크 타일로 장식했다.

107

술래이만이 성벽을 쌓은 이후에 예루살렘은 또 다른 변화를 갖게 된다. 전에는 약 4천 명 정도만이 살고 있던 주민의 숫자가 3배로 증가한 것이다. 성벽 밖에 살던 사람은 끊임없이 나타나는 도적떼들을 피해서 성안으로 들어와 살기 시작했기 때문이다.

유대인들에 의해서 세워진 성벽이 아니라 오스만 투르크의 술레이만에 의해 건축된 예루살렘 성벽은 지금까지도 예루살렘의 상징이 되어 견고함을 잃지 않고 그 위용을 드러내고 있다.

성벽 안으로 들어가는 문은 모두 8개이지만 실제로 술래이만이 만든 문은 7개이며 그중에 새 문 New Gate는 나중에 새로 만든 문이라고 한다. 그런데 이 8개의 문 중에 욥바문<sup>Jaffa Gate</sup> 바로 옆에는 아주 커다란 요새가 자리를 잡고 있다.

이것을 오늘날 다윗의 망대<sup>Tower of David</sup>라고 부르는데 십자군시대에 만들었다가 반쯤 허물어진 것을 술래이만이 다시 보수한 것이다. 그래서 이 다윗의 망대 한쪽에는 높다란 이슬람 사원의 첨탑이 자리를 잡고 있어서 약간은 정체성이 모호한 건축물이 되었다.

이 다윗의 망대는 지금까지 잘 보존이 되고 있으며 이스라엘 정부는 이곳에 박물관을 만들어 놓았다.

박물관 안으로 들어가면 먼저 좁은 계단을 따라 성채의 옥상에 마련된 전망대로 올라가게 된다. 이곳에 서게 되면 예루살렘의 올드시티와 뉴시티가 한눈에 들어오고 저 멀리 감람산 정상까지도 바라보이는데 올드시티의 지저분한 건물 옥상들이 눈에 거슬리긴 하지만 그야말로 예루살렘의 과거와 현재를 동시에 볼 수 있는 아주 특이한 곳이다.

지붕에서 내려오면 예루살렘의 역사를 아주 짧은 시간에 일목요연하

게 보여주는 영화가 상영되는 곳으로 연결된다. 물론 영어로 진행되지만 그래도 수시로 영화가 시작되니 반드시 들러 보는 것도 좋다.

박물관의 각 전시실은 그 옛날 오스만 투르크가 만든 방안에 설치되어 있다. 이 전시실은

가나안 시대, 제1 성전 시대, 제2 성전 시대, 후기 로마시대와 비잔틴 시대, 초기 이슬람시대와 십자군 시대, 마물룩과 오트만 시대, 후기 오트만 시대와 영국 통치시대, 19세기의 예루살렘 시대등으로 나뉘어 전시되고 있다.

이곳은 각 시대별로 발굴된 유물뿐만 아니라 시대별 상황을 알기 쉽게 그림과 여러 가지 장치들로 재미있게 설명하고 있다. 아마도 이 박물관을 제대로 보기 원한다면 하루 종일 걸릴지도 모를 정도이다.

투명한 아크릴 판에 그림을 그려 넣고 그 그림들이 좌우로 움직이며 설명하고 있는 것이나 여러 가지 멀

티미디어를 이용해 설명하는 것 그
리고 황금사원의 내부를 훤히 들여
다 볼 수 있도록 만든 미니어처는 가
히 예술이라고 할 정도이다.

특이한 것은 성채 안에는 넓은
잔디밭이 있는데 이곳에선 수시로
전 세계 예술가들의 설치미술작품들
이 전시되고 있어 관람객들에게 또
다른 즐거움을 선사한다는 것이다.

그리고 이 박물관 프로그램의 압
권은 The Night Spectacular라는 이
름으로 밤마다 성채 안의 잔디밭에
서 펼쳐지는 조명과 음악과 영상이
어우러지는 쇼이다.

기원전 3300년부터 1948년 이스라엘이 건국하기까지의 그 긴 역사를
단 45분 동안 압축해서 설명해 주는데 그 설명하는 방식이 전 세계 어디
서도 볼 수 없는 아주 특별하다.

우선 영상을 표현하는 방식이 아주 특이하다.

스크린이나 LCD화면에 영상이 나오는 것이 아니라 오스만 투르크가
쌓아 올린 바로 그 성채의 벽에 빔 프로젝터를 이용해 그대로 투사한다는
것이다. 성채의 벽은 일반 스크린처럼 매끄러운 것도 아니고 평면이 아
니다 건축이다 보니 모서리가 있는 각이 진 곳도 있고 움푹 파인 곳도 있
고 또 어느 곳은 구멍이 뚫린 곳도 있다. 그런데 그곳에 여러 대의 빔프로

젝터를 이용해 각기 다른 화면을 투사해 벽에선 입체감 있는 화면이 나타나는 것이다. 단순히 건축물의 벽에 화면을 일방적으로 투사하는 것이 아니라 건축물의 굴곡이 있는 여러개의 면을 그대로 다 활용한다는 것이다. 이런 식의 투사방식은 정말 창의적이다. 그 누구도 흉내 낼 수 없는 이들만의 노하우인 것 같다.

영상이 시작되기 전에는 그냥 단순한 돌만으로 된 벽인 줄만 알았던 것이 어느 순간 그곳은 5천 년 전의 예루살렘 들판으로 바뀌는가 하면 또 어느 순간에는 그 벽에서 로마 군인들과 십자군과 오스만 투르크 군인들이 튀어 나온다. 성채의 계단을 화면속의 인물이 걸어 내려오기도 하고 벽에 뚫린 구멍으로 사람이 기어 들어가기도 한다.

그야말로 완벽하게 구조물과 영상이 하나가 되도록 영상을 구성하고 만들어 놓았다. 이 영상을 보는 30분 내내 단 한 사람도 영상에서 눈을 떼지 못한다. 밤에 하는 쇼라서 날씨가 을씨년스럽지만 그런 추위에도 아랑곳하지 않고 관람객들은 세상에서 경험할 수 없는 특별한 시간을 여행하게 된다.

특히 영상과 함께 들려나오는 장엄한 음악들은 귀를 울리는 것이 아니라 심장을 울린다.

적어도 한 나라의 역사를 그리고 한 도시의 역사를 소개하는 영상이라면 이정도 쯤은 되어야 하지 않을까라는 생각까지도 갖게 된다.

이 쇼는 예루살렘에서 워낙 유명한 것이라 공연 시작 바로 직전에 찾아가면 입장권을 구입할 수 없을지도 모른다. 미리 예약을 하거나 아니면 공연 시간 보다 훨씬 일찍 찾아가야 입장권을 구입할 수 있다.

예루살렘에 가서 이 쇼를 보지 못하고 온다면 그 사람은 예루살렘을 다녀온 것이 아니다.

| | |
|---|---|
| 박물관 입장요금 | 성인 30nis 어린이 15nis 학생 20nis |
| 영상쇼 입장요금 | 성인 55nis 어린이 45nis 학생 45nis |
| 개장시간 | 일요일~수요일 10:00-17:00 \| 목요일 10:00- 18:00 |
| | 금요일 10:00-14:00 \| 토요일 10:00-17:00 |
| 전화 | 02-626-5333 |
| 주소 | Jaffa Gate, Jerusalem |
| 홈페이지 | www.towerofdavid.org.il |
| 이메일 | tower@netvision.net.il |

10

# 유대인들을 먹여 살렸던 다이아몬드를 모아 놓은 박물관
# The Harry Oppenheimer Diamond Museum

 

유대인들이 디아스포라 생활을 하면서 겪어야 했던 어려움이야 한두 가지가 아니었겠지만 그중에서도 가장 큰 어려움은 시도 때도 없이 이사를 가야한다는 것이었다. 남의 나라에 얹혀살다가 그 마을 주민들이 쫓아내면 정확한 목적지도 정해 놓지 않은 상태에서 짐을 싸 도망가야 했다. 이사는 유대인들의 일상과도 다름없는 일이었다. 툭하면 짐을 싸야 했고 툭하면 생활권이 완전히 다른 나라로 이사를 가야만했다. 그러다 보니 유대인들에게 가재도구는 그야말로 짐이었다. 생활에 필요한 가장 필수적인 것들만 장만해 놓고 이사가는데 걸리적거리는 것들은 아예 구입을 하지 않았다. 언제 어떻게 또 이삿짐을 싸고 급하게 마을을 떠나야 할지 모르는 일이기 때문이다.

한곳에 뿌리를 내리지 못하고 언제 어떻게 쫓겨나야할지 모르는 상황에서 살아간다는 것은 정서적으로도 불안한 일이었다. 그러나 그것은 어쩔 수 없는 유대민족의 운명이었다. 나라가 없어졌으니 말이다.

그 대신 돈은 있어야 했다. 어디로 이사를 가서 새로운 환경 속에서 살게 되던 돈은 반드시 있어야 했다. 나라도 없이 부평소처럼 살아가는 것도 서러운데 돈까지 없다면 얼마나 더 비참해질까? 그래서 유대인들은 돈을 버는데 철저했고 현금을 보유하는데 게을리 하지 않았다. 하지만 화폐 단위가 서로 다른 나라로 이사를 갔을 때 돈을 환전하는데 많은 문제가 발생했다. 더군다나 겨우 환전을 했다고 해도 환율 차이로 생기는 손실은 어떻게 할 것인가?

그렇다면 환전을 걱정하지 않아도 되고 또 부피나 무게 때문에 고민하지 않아도 되는 것은 무엇이 있을까? 어느 날 갑자기 온가족이 마을을 떠나 다른 곳으로 이사를 가야 할 일이 발생했을 때 아무런 부담 없이 주머니에 간단히 쑤셔 넣고 떠날 수 있는 값어치 높은 재산은 무엇일까? 그래서 다른 나라로 이사를 가서 그곳의 화폐와 똑같은 가치를 보일 수 있는 재산은 무엇일까?

유대인들이 생각해 낸 값어치 높은 재산은 바로 다이아몬드였다. 다이아몬드야말로 주머니 깊은 곳에 찔러 넣기만 하면 되니 따로 이삿짐을 싸느라 고생하지 않아도 되고 또 무겁지도 않은 재산이었다. 주머니가 되었던 몸 속 어디에든 은밀한 곳에 다이아몬드 한두 개만 간직하고 있다면 무슨 걱정이 될까? 그리고 어느 나라에 가더라도 그 지역의 화폐로 바꿀 수 있으니 이것처럼 안전한 재산이 또 어디 있을까?

그래서 유대인들은 돈을 벌면 다이아몬드 원석을 사는데 주저하지 않았다. 세공된 다이아몬드에 비해서 월등히 값이 저렴한 다이아몬드 원석을 구입해서 집안 깊은 구석에 숨기고 있다가 갑자기 그 동네를 떠나서 쫓겨 가 듯 이사를 가야할 때 유대인들은 그 원석을 챙겨간다. 그래서 밤새 달려 다른 나라에 도착이 되면 그곳에 은신처를 마련하고 밤새워 다이아몬드 원석을 갈고 닦아서 고부가가치의 다이아몬드 나석을 만드는 것이다. 불과 몇 백만 원짜리였던 다이아몬드 원석이 수십 배 값어치가 높아진 작품이 되어 재탄생 시키는 것이다.

다이아몬드는 이렇게 유대인들을 먹이고 살렸다. 유대인들의 다이아몬드는 머나먼 방랑의 길을 떠나다가 만났던 산적들에게 목숨과 바꿀 수 있었던 것이고 수많은 핍박과 박해의 현장에서 그나마 목숨을 건질 수 있게 해준 뇌물이 되었었다.

특히 독일의 나치에 의해 독가스실로 끌려 들어갔던 홀로코스트 때에도 수많은 유대인들이 자신들의 다이아몬드로 인해 목숨과 맞바꿔 살아난 경우도 많았다.

그래서 유대인들은 전 세계의 다이아몬드 시장을 거의 독점하다 시피하게 되었다. 우선 다이아몬드 원석이 채굴되는 남아프리카를 비롯해서 앙골라와 호주 광산을 거의 독점하다 시피하면서 이스라엘로 들여오는 파이프라인을 형성하고 있다.

특히 뉴욕 5번가와 6번가 사이에는 다이아몬드 상점이 약 2천 6백여 개 되는데 그 중에 95% 가량이 모두 유대인들이 장악하고 있다. 이곳에선 일 년에 평균 약 40조 원 가까이 되는 엄청난 양의 다이아몬드가 거래 되는 곳이다. 이 물동량은 전 세계에서 거래 되는 다이아몬드의 절반가량 된다. 이곳에서 유대인들이 다이아몬드의 시세를 결정하고 유대인들이 거절하게 되면 그 다이아몬드는 더 이상 지구상에 발을 못 붙일 정도다.

그러니 유대인들의 본국이랄 수 있는 이스라엘에서 다이아몬드 산업이 차지하고 있는 위치는 오죽할까?

홀로코스트 시절 네덜란드와 벨기에 등지에 유대인 다이아몬드 세공사들이 활동하고 있었는데 그들이 1948년 이스라엘이 건국함과 동시에 텔아비브로 이주해 오면서 텔아비브는 다이아몬드 세공의 본거지가 되었다.

현재도 텔아비브의 Ramat Gan이라는 거리에 가면 사방에 온통 다이아몬드 거래소와 상점의 간판이 어지러울 정도로 즐비하고 이곳에는 약 3만 5천여 명의 다이아몬드 연마사들이 매일 같이 값비싼 다이아몬드 원석을 짓 주무르며 깎아내고 있다. 뿐만 아니라 전 세계 25개국에 있는 다이아몬드 거래서 중에서 거래 규모가 가장 큰 규모의 거래소가 바로 이 텔아비브에 있다.

이들이 일 년 동안 만들고 판매하는 다이아몬드의 가격은 약 110억 달러에 달하고 이스라엘 수출금액의 3분의 1을 차지하며 다이아몬드 연마 기술 연구 및 장비를 제작하는 이스라엘의 Dialit라는 회사는 전 세계의 시장 점유율 80%를 차지하고 있을 정도이다.

한마디로 말해서 다이아몬드에 있어서만큼은 이스라엘이 종주국이 된 거나 다름없다. 지난 세월동안 남의 나라에 얹혀살다가 느닷없이 쫓겨나야 하는 자신들의 비참한 현실 속에서 얻어진 생존본능과 값비싼 기술력은 이렇게 오늘날 이스라엘의 경제성장에 단단한 한몫을 하게 되었음은 물론이고 경제적 성공을 갖게 되었다. 이제 이스라엘과 다이아몬드는 떼려야 뗄 수 없는 관계가 되었다.

그래서일까? 보석을 뜻하는 Jewel과 유대인을 뜻하는 Jew와 발음이 비슷하다. 물론 언어학적으로는 아무런 상관이 없는 두 단어이다.

지금도 전 세계에서 다이아몬드 하면 이스라엘이고 이스라엘에서 세공된 다이아몬드라고 하면 그 품질에 대해서만큼 확실히 인정할 수밖에 없게 되었다. 다이아몬드의 표준이 되어 버렸으니까….

텔아비브의 Ramat Gan 지역에 있는 마카비<sup>Maccabi</sup> 빌딩 1층에 가면 다이아몬드의 종주국답게 The Harry Oppenheimer Diamond Museum이

있다.

이 박물관은 다이아몬드가 왜 특별한 보석인지 그리고 다이아몬드는 어떻게 채굴되고 연마되어 값비싼 작품으로 태어나는지와 다이아몬드가 이스라엘 산업에 어떤 위치를 차지하고 있는지를 한눈에 알 수 있도록 전시해 놓은 곳이다.

그렇다면 왜 이 박물관의 이름이 Harry Oppenheimer Diamond Museum일까? Harry Heimer는 남아프리카 공화국의 킴벌리라는 곳에서 태어나 다이아몬드 산업에 뛰어든 인물이었다. 그리고 1930년 그는 다이아몬드야 말로 사랑의 징표라는 슬로건을 내세워 미국 사회에 다이아몬드 보석 제품을 런칭시켰고 대대적인 성공을 거두었다. 그 후에 Harry Oppenheimer는 이스라엘로 돌아와 텔아비브를 세계적인 다이아몬드 보석 생산지로 탈바꿈하는데 일조를 기한 인물로 박물관의 이름에 덧붙이게 된 것이라고 한다.

이 박물관에 들어서는 순간부터 관람객의 눈은 그야말로 호강하기 시작한다. 갖가지 모양으로 커팅된 8개의 다이아몬드가 할로겐 조명 아래 빛을 발하고 있다. 다이아몬드의 크기도 웬만한 어린 아기의 주먹만 한 것들이다.

값비싼 다이아몬드를 전시해 놓은 박물관이라 그런지 전시장 내부나 전시 방식 또한 아주 럭셔리하다.

박물관의 안내자를 따라서 첫 번째 부스로 들어가면 그곳에는 지구상에서 가장 큰 다이아몬드가 바닥에서 부터 올라온다. 물론 그냥 올라오는 것이 아니라 장엄한 음악이 들려 나오고 다이아몬드에 손을 대지 못하도록 주변에는 강한 레이저 빔이 발사 되어 울타리를 만들고 하얀 연기와 함께 서서히 다이아몬드가 올라와 몇 바퀴 회전한 다음 또 다시 바닥으로 사라진다. 그렇게 다이아몬드가 바닥으로 사라진 다음부터는 부스의 한쪽에 마련된 스크린에서 진행자와 다이아몬드 전문가가 다이아몬드에 대한 기본적인 질문과 대답을 주고받으며 관객들에게 설명을 해 준다.

그 다음 부스부터는 이제 본격적으로 다이아몬드가 지구의 깊숙한 곳에서 어떻게 생성되는 것인지를 화면과 실물을 번갈아 보여 주며 설명해 주기 시작한다.

설명에 따르면 다이아몬드는 수십억 년 전 지구의 지각 깊숙한 곳의 펄펄 끓는 마그마 속에서 탄소가 막대한 열과 압력을 받아 생성된 것이며 그러다 보니 지구상에서 가장 단단한 물체가 된 것이라고 한다. 그러다 보니 귀하지 않을 수 없다.

그 다음 부스에선 다이아몬드 원석을 채굴하는 과정을 설명하는데 0.2g밖에 안 되는 1캐럿을 얻기 위해선 약 250톤의 광석을 캐내야 한다고 한다. 그리고 그 다음 방에선 원석을 깎아내는 과정을 소개하는데 이 과정에서 원석의 약 50%는 떨어져 나간다고 한다.

다이아몬드의 아름다움은 빛을 반사하는데 있기 때문에 세공을 할 때에는 다이아몬드의 작은 단면들이 최대한의 빛을 받아들이고 반사하여

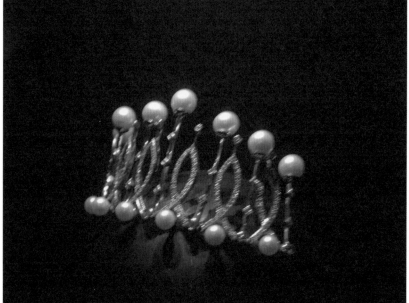

그 다이아몬드가 찬란한 광채와 불꽃 그리고 섬광으로 화려하게 번쩍이도록 만든다.

각 부스의 입구에는 작은 버튼이 여러 개 있는데 화면의 설명을 영어나 프랑스어 그리고 러시아어 등 세계 각국의 언어를 선택할 수 있게 한 것이다. 안타깝게도 한국어 설명은 없다. 그렇게 다이아몬드의 탄생과정을 자세하게 설명을 듣고 난 다음 맨 마지막 부스로 가게 되면 다이아몬드를 이용한 갖가지 장식품들이 휘황찬란하게 전시되어 있다. 그야말로 전 세계 어디서도 볼 수 없는 진기한 다이아몬드들이다. 아마도 이곳에 전시되어 있는 다이아몬드들의 가격을 모두 합산한다면 수백억 원쯤 된다고 한다.

유대인들을 죽음에서 살려낸 다이아몬드, 그리고 오늘날 이스라엘의 경제 성장이 있게 한 다이아몬드를 원 없이 감상하고 싶다면 이곳 Harry Oppenheimer Diamond Museum을 꼭 한 번 방문해 볼 것을 권유한다.

| 입장요금 | 어른 24nis \| 어린이 12nis |
|---|---|
| 개장시간 | 일요일~목요일 10:00-16:00 |
| | 화요일 10:00-18:00 |
| 전화 | 03-612-7581 |
| 주소 | Maccabi Budg, 1 Jabitinsky St. Ramat Gan, Israel 52520 |
| 이메일 | hodim@diamond-museum.co.il |

11

유대인의 디아스포라 생활을 소개한
The Museum of Jewish People(Beit Hatfutsot)

AD70년 예루살렘이 로마에 의해서 파괴된 이후에도 유대 땅에선 산발적인 저항이 일어났다. AD115년에는 2년에 걸친 유대인들의 반란이 있었고, AD132년에도 바르 코크바<sup>Bar Kokhba</sup>가 주도하는 저항단체가 로마 군인들과 싸우기도 했었다. 하지만 전투력에서나 조직 면에서나 로마 군인들에 비해 열세일 수밖에 없었던 이들의 저항은 철저히 무산되고 만다.

특히 AD135년에는 어설프게나마 예루살렘을 재건하려던 움직임이 있었는데 이 과정에서 약 50만 명의 유대인들이 공개처형을 당하거나 살해를 당하기도 했다.

이제 더 이상 예루살렘이라는 도시는 없어졌고 그곳에서 유대인들도 살지 못하게 했다. 도시의 이름도 예루살렘에서 팔레스타인이라고 바꾸었으며 수많은 유대인들이 아프리카로 스페인으로 또 로마로 흩어져 살게 되었다. 이때부터 이들의 디아스포라<sup>Diaspora</sup> 생활이 시작된 것이다.

나라를 잃고 남의 나라에 얹혀서 살게 되는 이들의 삶은 어땠을까?

그들은 결코 녹녹치만은 않은 삶을 살았다.

특히 AD313년 로마의 콘스탄틴<sup>Constantine</sup> 황제가 밀라노 칙령을 발표하면서 로마의 국교를 기독교로 공인한 다음부터는 유럽에 흩어져 살고 있던 유대인들의 삶이 더욱 피곤하게 되었다.

예수를 죽인 민족이라는 이유로 인해 기독교 신앙을 가진 수많은 유럽인들로부터 핍박을 받은 것이다. 유대인은 도저히 용서받을 수 없는 민족이며 살인마들이고 영원히 저주받을 자들이라고 힐난하기도 했다. 또 이런 핍박 속에서 수많은 유대인들이 화형을 당하거나 참수를 당하기도 했고, 또 그들이 살던 마을에서 쫓겨나기도 했었다.

사실 기독교와 교회의 이름으로 유럽에서 유대인들을 핍박했던 일들을 열거하자면 수없이 많다.

이런 와중에도 그들은 반드시 언젠가는 자기들의 고향으로 돌아가게 될 것이라는 희망을 갖고 있었지만 콘스탄틴 황제의 어머니 헬레나 황후가 팔레스타인 땅을 방문하여 예수님이 돌아가신 골고다 언덕에 성분묘 교회를 세우는 등 예루살렘을 성지화하자 고향으로 돌아갈 희망은 점점 멀어져가기만 했다.

결국 유대인들은 게토라는 자신들만의 생활거주 공간을 만들고 그 안에서 자신들의 신앙과 민족 정체성을 지키며 살아가려고 노력하게 되었다. 이들은 자신들만의 신앙을 지키기 위해 유대인 커뮤니티를 잘 구성했다. 우선 유대인 남성으로 13살이 되면 성인식을 치루게 했고 성인식을 치룬 13살 이상의 남자 열 명이 모이면 예배를 드릴 수 있는 시나고그를 만들었다. 10명 이상의 성인 남성이 모여서 기도를 하는 것을 미니안<sup>Minian</sup> 이라고 한다.

예루살렘의 성전에서 하나님께 제사를 드려야 하는 자신들의 종교적 기본원칙을 지키지 못하는 대신 성인남자 10명 이상 모이는 곳이라면 그들은 시나고그를 만들었고 그곳에서 하나님께 기도를 했다.

이런 설움과 핍박 속에서 그들은 나름대로의 생존법칙을 하나씩 세워 나갔다.

그중에 하나가 돈을 버는 것이었다. 돈만이 그들의 어려운 현실 속에서 생존해 나갈 수 있는 길이었기 때문이었다.

이슬람 종교권 사람들과는 거래를 하지 않았던 중세의 기독교인들은 하는 수 없이 현금이 많았던 유대인들에게서 돈을 빌리는 경우가 많았다.

특히 이탈리아 베네치아에서는 사회 전반적으로 구석구석에서 많은 돈이 필요했던 시기였다. 무역업을 떠나는 상인들은 하는 수없이 유대인들에게 고이자의 돈을 빌려야 했고 중세 기독교인들은 교회와 수도원을 짓기 위해 필요한 돈을 유대인들에게서 빌려왔다.

영주들은 크고 작은 영토 싸움을 하느라 돈이 필요했고 멀리 예루살렘을 향해 성지를 되찾기 위해 떠나는 십자군에게도 돈을 빌려 주었다. 이때는 당연히 돈을 되돌려 받지 못할 상황이 많아서 위험부담을 전제로 높은 이자를 받아 챙겼다.

이때 당시 각 나라의 왕들은 세금을 많이 내는 유대인들이야 말로 없어서는 안 될 존재들이었다. 밑천이 없어서 이자놀이를 하지 못하는 유대인들은 남의 나라에 얹혀살면서 딱히 할 수 있는 일이라고는 수레에 갖가지 물건을 싣고 돌아다니면서 물건을 팔게 되는데 유대인들의 이런 식의 장사형태는 나중에 백화점의 효시가 되기도 한다. 주머니에 늘 무거운 동전을 두둑히 갖고 있는 유대인들은 강도들의 표적이 되기 쉬었다.

어떻게 하면 현금을 좀 가볍게 갖고 다닐 수 있을까? 그래서 생각해 낸 것이 바로 지폐이다. 우리의 지갑 속에 들어있는 지폐가 이렇게 유대인들에 의해서 창안이 되었다는 것을 아는 사람은 그다지 많지가 않다.

동전이 되었든 지폐가 되었든 저녁에 일을 마치고 집으로 돌아가는 유대인들은 강도들에게 그야말로 밥이 되기 딱 알맞았다. 현금을 어떻게 하면 빼앗기지 않을 수 있을까?

그래서 유대인들은 은행을 생각하게 되었고 그곳에 돈을 맡기고 또 현금대신 수표를 발행하는 지혜까지 생각해 내게 되었다. 돈을 강도들에게 빼앗기지 않으려는 유대인들의 처절한 생존전략은 마침내 어음과 신용카드까지 만들어내게 된 것이다.

현재 우리의 지갑 속에 들어 있는 자기압 수표와 신용카드까지도 유대인들이 만들어냈다는 사실은 정말 놀랍지 않을 수 없는 일이다.

그런 식으로 돈을 많이 번 유대인들은 아쉽게도 경제적 이득을 그들이 얹혀살고 있는 마을이나 국가를 위해서 사용하는 경우는 그다지 많지 않았다. 오히려 게토라고 해서 자기들끼리만 모여 사는 마을 안으로 돌아가 버리면 도통 게토 밖으로 나올 생각도 하지 않았다. 늘 물과 기름처럼 마을 주민과는 겉돌며 살아갔다. 그것은 그들만의 유대교 종교방식을 다른 민족은 이해하지 못했기 때문이며, 오직 하나님만을 섬기며 살아가는 자기들의 민족 공동체에 다른 이방인들이 들어와 오염시킬 것을 두려워

했기 때문이다.

돈을 많이 벌지만 도통 쓸 줄을 모르는 유대인들을 시샘한 그곳의 주민들은 유대인들을 마을에서 아내기도 했었다.

2천 년 동안 남의 나라에 얹혀살면서 늘 언제 쫓겨날지 눈치를 보며 살아야 했던 유대인들은 짐을 싸고 이사하는 데는 거의 달인의 수준이라고 할 수가 있다.

불시에 이삿짐을 싸야 하는 유대인들의 애환은 짐을 잘 꾸리는데 익숙하게 했고 어디서든 쉽게 터지지 않는 튼튼한 가방을 만들어내야 했는데 그 가방이 바로 샘소나이트Samsonite 회사로 성장하게 된다.

남의 나라에서 얹혀 살아야 하는 설움과 어려움이 오직 돈을 많이 버는 길만이 살길이라는 생각을 갖게 했고 필요에 의해 산업이 발전하게 된 것이다. 뿐만 아니라 유대인들은 자녀 교육에 대한 열정을 게을리하지 않았다.

유대교는 책Scripture의 종교이다. 하나님이 모세를 통해서 주신 모세오경(토라torah)을 읽고 외우고 그 말씀대로 살아가는 율법의 종교이다. 그러니 율법을 읽지 못하면 하나님의 계명을 알아들을 수가 없게 된다. 자신이 믿고 있는 종교에 충실하려면 유대인들은 태어나면서 글을 읽고 배울 수밖에 없다.

아이가 이미 엄마의 뱃속에 있을 때부터 엄마는 태아에게 성경말씀을 들려주는 것으로 교육은 시작된다. 실제로 이스라엘의 크고 작은 서점에 가면 태아에게 들려주는 성경이야기 책이 따로 진열되어 판매되는 것을 쉽게 발견할 수가 있다.

아이가 태어난 후에도 엄마는 성경책에다 꿀을 바라 방바닥에 내려

놓는다. 그럼 아기는 엉금엉금 기어가서 성경책에 발라져 있는 꿀을 핥아 먹는다. 하나님의 말씀이 이렇게 꿀처럼 달콤하다는 것을 인식시켜 주기 위해서다. 그것뿐인가? 이스라엘의 슈퍼마켓에서 팔고 있는 투명한 막대 사탕 속에도 성경말씀이 들어가 있다. 성경말씀을 빨아 먹으라는 얘기다.

그것뿐만이 아니다. 아이가 침대에서 잠들 때 그리고 아침에 침대에서 일어날 때 부모들은 절대로 빨리 잠자기를 보채거나 빨리 일어나라고 재촉을 하지 않는다. 그 대신 아버지는 침대 머리맡에서 아버지가 들려주는 성경말씀을 들으며 잠들게 하고 아침에도 아버지는 아이보다 먼저 일어나서 성경말씀을 들으며 아이가 일어나도록 해 준다. 이렇게 자나 깨나 성경말씀을 들으며 아이들은 성장을 하게 되는 것이다.

유대인들의 디아스포라 생활은 힘들고 고단한 시간들이었지만 그런 것들이 결국 유대인들에게 돈에 대한 소중함과 교육에 대한 필요성을 깨닫게 하는 시간이 되기도 했다.

1948년에 유대인들은 자신들의 고향인 팔레스타인 땅으로 돌아와 이스라엘을 재건하기까지 약 1천 9백여 년 동안 전 세계로 흩어져 살던 디아스포라 생활을 한 눈에 볼 수 있는 박물관을 만들었는데 바로 텔아비브에 있는 디아스포라 박물관이다.

디아스포라 박물관은 텔아비브 대학 캠퍼스 안에 있다. 텔아비브 대학은 공과대학으로 세계에서도 몇 손가락 안에 들어갈 정도로 유명한 대학교인데 바로 이 대학교 캠퍼스 안에 박물관이 있는 것이다.

대학 캠퍼스 안에 있는 박물관이라는 이유하나만으로도 특이하지만 박물관의 구성내용이나 전시방법에 있어서도 아주 훌륭하다. 아마도 내가 방문한 이스라엘의 박물관 중에서 가장 훌륭한 박물관이 아닐까 싶을

텔아비브 대학 캠퍼스

정도이다.

우선 티켓을 끊고 박물관이 있는 2층으로 올라가면 제일 먼저 무너진 거대한 예루살렘 성벽이 육중하게 버티고 서 있는데 마치 실물과 같은 크기의 바윗돌이 버티고 있어서 그 당시의 예루살렘 성이 얼마나 크고 웅장했었는지 관객들에게 간접적으로 암시해 준다. 그 사이로 뒤에는 로마 군인들에 의해서 압송되어 가는 메노라의 모습이 부조로 벽에 붙어 있다. 이 부조는 로마의 티투스 승전탑에 있는 것을 그대로 복사한 모습이다.

박물관은 크게 문화(Jewish culture), 믿음(faith), 목적(purpose) 세 가지 섹션으로 나뉘어져 있는데 먼저 문화섹션에 가보면 그들이 디아스포라 생활 속에서도 어떻게 유대인의 전통문화를 지키며 살아왔는지를 볼 수가 있다.

디아스포라 박물관 입구에서 만나는 커다란 성벽과 부조

가정에서 어떻게 자녀들을 교육했는지 그리고 유대민족의 고유명절인 유월절과 부림절, 초막절과 하누카 등을 어떻게 지키며 지냈는지 결혼식은 어떻게 진행했고 음식은 어떻게 만들어 먹었는지를 자세하게 소개하고 있다.

이런 내용들은 석고로 만든 작은 인형으로 장면들을 연출해 놓았는데 의상과 각종 소품 그리고 인형의 얼굴에서 보여지는 표정들이 가히 압권이라고 할만하다.

그리고 상황에 따라서 그 당시 사용했던 진품들을 함께 전시해 놓고 있는 것이 매우 인상적이다.

두 번째 섹션에서는 디아스포라 생활동안 어떻게 자신들의 유대교 종교를 잃지 않고 살아왔는지를 보여 주고 있는데 그들이 시나고그에 모여

식탁에 앉아 있는 유대인 가족

후파 아래에서 결혼식을 올리는 모습

유대인 아이들이 보던 책

서 하나님께 기도를 하고 어떤 기도문들을 읽었는지를 보여준다. 이 섹션에서 가장 볼만한 것은 헝가리와 아프리카, 그리고 유럽등지에 유대인들이 건축한 여러 가지 형태의 시나고그를 작게 축소해서 만들어 놓은 미니어처 다. 각 지역별로 그 나라의 전통문화와 적당히 접목된 각기 다른 형태의 시나고그 건물을 미니어처이긴 하지만 아주 디테일하고 정확하게 만들어 놓았다.

뿐만 아니라 각 나라에서 사용하던 토라와 탈무드, 미슈나 등의 책자와 두루마리들을 함께 전시하고 있다.

그리고 각 나라에서 거주하던 유대인마을도 역시 미니어처로 만들어 놓았는데 이것을 보는 것만으로도 한 곳에서 세계 일주를 한다는 느낌이 들 정도로 아주 훌륭하게 만들어 놓았다.

시나고그의 미니어처가 테이블 위에 만들어져 있어서 빙 둘러 가

며 볼 수 있는 방식이지만 유대인 마을을 표현한 미니어처는 벽에 부착된 작은 액자 속에 만들어져 있는데 비록 액자 속의 미니어처 이기는 하지만 원근감을 충분히 표현하기 위해 앞쪽부분은 넓게 표현되면서 뒤쪽으로 갈수록 점점 줄어들기도 하고 골목에 서 있는 인형들의 크기도 뒤로 갈수록 점점 작아지게 만들어서 비록 액자 속의 미니어처들이기는 하지만 모든 것들이 마치 살아서 움직이는 듯한 착각이 들 정도로 아주 훌륭하게 만들어 놓았다.

세 번째 섹션에선 이들이 오랜 디아스포라 생활 속에서도 고향으로 돌아오기 위한 노력을 어떻게 해 왔는지를 보여 준다.

이 섹션의 입구에는 거대한 메노라가 벽에 조각되어 예루살렘에 성전을 반드시 다시 세워야 한다는 그들의 의지를 분명하게 보여는데 전시장 곳곳에는 이스라엘 땅으로 되돌아오기 위한 선조들의 노력이 담긴 사진과 동영상들을 여러 공간에 적당히 배치해 놓았다.

특이한 것은 각 섹션의 전시실 끝부분에는 멀티미디어실이 따로 설치되어 있다. 전시물을 감상한 사람들이 그 섹션에 대한 구체적이고 자세한 내용들을 각종 다큐멘터리 영상과 강좌 통해서 보여 주는데 의자에 앉아서 헤드폰을 끼고 감상할 수 있게 해 놓는 배려도 있지 않았다.

1천 9백여 년간 유대인들의 디아스포라 생활에 대해서 알기 원한다면 텔아비브 대학 캠퍼스 안에 있는 디아스포라 박물관을 꼭 한번 가볼 것을

권한다. 이 박물관의 전시내용물들을 제대로 감상하려면 하루는 이곳에서 시간을 보내야 한다.

1978년에 Dr. Nahum Goldman에 의해서 문을 열었다는 이 디아스포라 박물관은 내가 가 본 이스라엘의 박물관 중에서는 가장 잘 꾸며 놓았다. 이곳에는 유대인의 뿌리를 찾아주는 컴퓨터가 설치되어 있어서 유대인 관람객들이 자신의 이름을 검색하면 자신의 조상이 누구인지를 알 수가 있게 되어 있다.

박물관의 출구로 나오기 바로 직전, 벽에 적힌 문구하나가 강한 느낌으로 다가온다.

'모든 관객들은 느끼게 될 것이다. 이 이야기는 당신 없이 완전해질 수 없다는 것을!'

| 입장요금 | 어른 40nis | 그룹 35nis | 학생 30nis | 오디오 가이드 50nis |
|---|---|

개장시간    일요일~화요일 10:00-16:00 | 수요일 10:00-18:00
목요일 10:00-16:00 | 금요일 09:00-13:00
토요일 휴무

전화        03-745-7800
주소        Tel Aviv University Campus, gate 2.
홈페이지      www.bh.org.il

12

# 인형으로 목숨을 건진 한 여인의 작품이 전시된
## Museum of Dolls

1945년 6월 16일, 언제 자신의 목숨이 가스실에서 연기가 되어 하늘로 올라가게 될 줄도 모른 채 숨을 죽이고 수많은 유대인들이 아우슈비츠 수용소에서 하루하루 연명해 가고 있었다.

그 유대인들 중 이제 막 사춘기 시절로 접어든 15살의 헝가리 출신 유대인 소녀 막다 왓츠Magda Watts도 있었다. 자신에게 주어진 이 비극적인 상황이 제발 현실이 아니라 악몽이기를 바랄 뿐 그 소녀에게 희망이라고는 전혀 기대할 수가 없었다. 수용소의 방에는 온갖 벌레들이 기어 다니고 있었고 그 벌레들은 소녀의 정강이를 타고 기어오르기까지 했었다.

도대체 이것이 과연 사람이 살아가는 모습일까? 이렇게 해서라도 목숨을 유지하는 것이 옳은 일일까? 막다 왓츠는 점점 말을 잃어가고 있었고 다른 수용자들이 하루에 단 몇 분 동안 주어지는 야외 운동시간에도 밖을 나가지 않았다.

그렇게 수용소에서의 암울한 생활을 하고 있을 때 그 소녀의 눈에는 더러운 바닥 한쪽에 아무렇게나 던져져 있었던 걸레를 발견했다. 그리고는 그 걸레를 조심스럽게 펼쳐서 손으로 오물딱 조물딱 뭔가를 만들어 가기 시작했다. 그것은 자신의 두려운 마음을 알아줄 것만 같은 작은 손인형이었다.

막다 왓츠는 그렇게 걸레를 이용해서 작은 인형을 하나씩 둘씩 만들어 갔다. 처음에 만든 인형은 자기와 비슷한 모양의 여자 아이였고 그 다음 인형은 강아지 인형 그리고 그 강아지를 데리고 노는 남자 아이의 인형들이었다.

그로부터 며칠 뒤, 수용소의 유대인들에게 음식을 배급하는 독일인 여자가 막다 왓츠의 방까지 찾아와 스프 한 그릇을 건넸다.

그러자 막다 왓츠는 '제 아기를 위해서 스프를 더 줄 수 있나요?' 하고 물었다. 이 말에 깜짝 놀란 독일인 여자는 '아니 너에게 아기가 있다고? 아기가 대체 어디 있다는 거지?' 하고 되물었다. 그러자 막다 왓츠는 자기가 걸레로 만든 인형을 보여 주었다. 그 여인은 막다 왓츠가 걸레로 만든 인형을 보고는 그 정교함에 깜짝 놀라지 않을 수 없었다.

'이걸 정말 네가 만들었단 말이니?'

'네 제가 걸레로 만들었어요.'

이 말을 들은 독일인 여인은 막다 왓츠가 만든 인형을 들고 곧바로 독일인 장교의 방으로 뛰어 들어갔다.

이제는 할머니가 된 막다 왓츠

'이 인형을 보세요. 이 인형을 유대인 꼬마 아이가 걸레로 만들었다지 뭐예요?'

독일인 여인이 들고 온 인형을 들여다 본 독일인 장교도 깜짝 놀랐다.

'이 인형을 만든 아이를 나에게 데려 오시오.'

그렇게 독일인 장교 앞으로 불려간 15살의 유대인 소녀 막다 왓츠는 그때부터 독일 군인들을 위한 인형을 만들기 시작했고 다른 유대인들이 하나씩 둘씩 가스실로 들어갈 때에도 목숨을 유지할 수가 있었다.

막다 왓츠는 그렇게 아우슈비츠 수용소에서 살아남을 수 있었고 세계 2차 대전이 끝나면서 독일이 패망한 뒤에도 막다 왓츠는 인형을 만드는 일을 계속해 나갔다.

소녀는 부인으로 성숙해갔고 그녀의 인형은 점점 그 숫자를 더해 갔으며 처음에는 단순히 인형을 만드는 것에서 부터 시작했지만 그 뒤로는 이야기가 있는 인형들을 만들어가기 시작했다.

그리고 그 이야기들은 단순한 동화의 스토리에서 부터 이스라엘의 역사를 한 장면 한 장면 연출해 나가는 전문적인 수준이 되어갔다. 막다 왓츠의 이런 이야기가 있는 인형들은 주변의 유대인들로 부터 소문이 나기 시작했고 작은 공간을 빌려 전시회까지 하기에 이르렀다.

그 전시회에서는 유대인들뿐만 아니라 외국에서 소문을 듣고 찾아온 사람들까지 생겨나기 시작했으며 드디어 2001년 이스라엘 하이파의 대규모 쇼핑몰인 Castra의 3층에 상설 전시장까지 생겨나게 되었다. 현재 이곳에는 약 1000여 개의 인형을 손으로 만들어서 이스라엘의 역사를 한눈에 볼 수 있도록 80여 개의 장면을 연출해 놓았다.

이 박물관에 들어서면 마치 독서실의 책상 칸막이처럼 만들어 놓은 전시장에 한눈에 들어온다. 이 한 칸마다 이스라엘의 5천년 역사와 유대인들의 명절 모습을 일목요연하게 연출해 놓았다.

우선 이스라엘의 5천 년 역사는 하나님이 아담과 하와를 만드는 장면부터 시작된다. 그리고 광야에서 천막 생활하던 아브라함이 아들 이삭을 바치기 위해 칼을 높이든 모습과 아브라함에게서 쫓겨나는 하갈과 이스마엘 모자의 모습, 그리고 광야에서 잠자던 요셉의 꿈에 하늘을 향해 사다리를 타고 하늘로 오르락 내리던 천사들의 모습도 아주 대견하게 잘 꾸

장면마다 연출해 놓은
전시박스가 80여 개가 있다

며 놓았다.

　그리고 바벨탑을 쌓다가 허물어지는 모습과 노아의 방주를 향해 높은 산을 향해 기어 올라가는 갖가지 동물의 모습, 그리고 시내산에서 십계명을 받아드는 모세의 모습과 아기를 가운데 놓고 서로 싸우고 있는 두 여인 앞에서 재판을 하고 있는 솔로몬의 모습, 마사다에서 로마병사들과 맞서 싸우는 이스라엘 백성들의 처절한 모습 등은 그 장면만 봐도 그 당시의 상황을 충분히 이해할 수 있도록 실감나게 연출해 놓았다.

　이스라엘의 역사는 유대인들이 디아스포라 생활을 하던 모습으로 이어지면서 아우슈비츠에서의 처절했던 유대인들의 모습과 이스라엘을 향해 배를 타고 돌아오는 모습, 그리고 텔아비브 박물관에서 벤 구리온에 의해 이스라엘이 건국하기까지 현대사의 굴곡도 아주 생생하게 보여준다.

　막다 왓츠의 이런 인형 연출은 현재 이스라엘의 명절 모습까지도 빼놓지 않았다. 유대인들의 할례식인 브릿트 밀라와 유대인 소년들의 성년식인 바르 미츠바, 그리고 후파 아래에서 진행되는 유대인의 결혼식 모습까지도 아주 자세하게 표현해 놓았다.

　자신의 목숨을 가스실로 부터 구해낼 수 있게 해준 손인형으로 자기 민족의 역사 이야기와 살아가는 모습을 한 사람의 노력으로 완성해 냈다는 것은 정말 경이로운 일이 아닐 수 없다.

　그러나 인형은 우리가 생각하는 것처럼 아름답고 환상적인 바비 인형의 얼굴이 아니다. 우리 나라 닥종이 인형 작가 김영희의 작품은 얼굴에 귀엽고 따뜻함이 묻어 있지만 이 인형에서는 전혀 그런 모습을 찾아볼 수 없다. 어떻게 보면 좀 흉측하게 생겼기 때문에 실망할 수도 있다. 하지만 그 당시의 의상과 소품 그리고 그 주변의 배경까지도 하나하나 세세하게 연출해 놓을 것을 보면 그녀의 노력이 정말 대단하다는 것을 알 수 있다.

인형 하나의 크기는 손바닥만 하고 물론 여기 전시되어 있는 인형은 걸레로 만든 것이 아니라 전시를 위해 특별히 만든 것이다.

| | |
|---|---|
| 입장요금 | 무료 |
| 개장시간 | 일요일~목요일 10:00-21:00 금요일 10:00-14:00 |
| | 토요일 10:00-21:00 |
| 전화 | 04-859-0001 |
| 막다왓츠의 홈페이지 | www.magda-watts.eu |
| 쇼핑몰 홈페이지 | www.castra.co.il |
| 이메일 | castra_h@netvision.net.il |

노아의 방주에서 내려오는 노아가족과 동물들

독립선언문을 낭독하고 있는 벤 구리온 초대 대통령

아이와 두 여인을 놓고 재판을 하고 있는 솔로몬왕

시나고그에서 토라를 두고 토론을 벌이고 있는 유대인들

13

# 유대인의 민족 정체성을 일깨워 주는 박물관
## YADVashem

　예루살렘의 거리를 걷다보면 유난히 눈에 많이 띄는 것이 바로 이스라엘 국기이다. 하얀색 바탕에 위 아래로 파란색의 줄이 가로로 나란히 그어져 있고 그 사이에는 다윗의 별이 그려져 있는 이스라엘 국기, 거리 곳곳에도 가정집의 창문에도 그리고 조금 넓다 싶은 담벼락에도 어김없이 국기가 그려져 있거나 게양되어 있다.

　이런 모습을 보게 되면 이스라엘 사람들은 정말 국기를 너무도 좋아하는 것 같다는 느낌을 가지지 않을 수가 없다. 실제로 이스라엘 사람들의 국기 사랑은 유별나다. 아니 이스라엘 국기만 사랑하는 것이 아니라 그들의 조국 이스라엘도 무척이나 사랑한다.

물론 자신의 나라를 사랑하지 않는 국민이 어디 있을까마는 아마도 전 세계에서 애국심이 이스라엘만한 나라도 없을 것 같다.

전쟁이 나면 이스라엘 국민들은 외국으로 도망을 가는 것이 아니라 이스라엘 자국에 거주하고 있는 국민들이 모두 다 앞 다퉈 전쟁터에 나가는 것뿐만이 아니라 외국에 체류하고 있던 국민들까지도 전쟁에 참여하기 위해 조국으로 찾아가는 나라가 바로 이스라엘이다.

이스라엘에서 정치인으로서 각종 선거에 나서기 위해서는 자신의 경력란에 반드시 어떤 군대에서 어떤 근무를 했었는지를 표시해야 한다. 자신의 군대 경력뿐만 아니라 후보자의 아들이나 손자가 어디서 근무를 했었고 또 지금 어디서 근무를 하고 있는지를 기록해야 한다.

그래서 얼마큼 위험한 부대에서 근무를 했었고 또 얼마나 위험한 전투에 참전했었는지가 유권자들의 표로 이어진다.

이스라엘 국민들의 조국을 향한 이런 애국심은 도대체 어디에서 나오는 것일까? 어떻게 교육을 하기에 어떤 이토록 나라를 위해서 몸을 바치고 또 그것을 자랑스럽게 여기게 되는 것일까? 이스라엘 국민들에게 있어서 조국은 무엇이며 유대 민족은 어떤 것일까?

예루살렘의 신시가지 시내 한복판에는 야드바쉠YADVashem이라는 이름의 홀로코스트Holocaust 기념관이 있는데 우리나라로 치면 천안에 있는 독립기념관과 비슷한 개념의 건물이라고 보면 된다.

우리나라의 독립기념관이 사람들이 쉽게 접근할 수 있는 도시 한가운데 위치하지 않고 지방도시인 천안에 그것도 승용차를 이용하지 않으면 찾아가기 힘든 외진 곳에 위치해 있는 것에 비하면 야드바쉠 기념관은 예루살렘 시내 한복판에 자리 잡고 있다.

그래서인지 이곳은 주말에는 물론이고 평일에도 늘 관람객들로 북적이고 있다. 도대체 평일에 왜 이렇게 많은 사람들이 찾아오는 것일까? 이 사람들은 평일에 직장에도 안 가고 학교에도 안 가는 것일까? 이런 의구심이 들 정도로 야드바쉠 기념관에는 늘 관람객으로 붐빈다.

야드바쉠 기념관은 홀로코스트<sup>Holocaust</sup> 기념관이기 때문에 당연히 유대인들의 한과 설움 그리고 잔혹했던 과거 역사의 참상을 기념하고 추모하기 위한 공간이다.

그래서 기념관의 건물도 아우슈비츠에 있던 가스실 건물의 모양을 그대로 본 따서 디자인했다고 한다. 거대한 콘크리트 구조물로 되어 있는 기념관은 마치 대형 천막을 세워놓은 듯한 모양으로 되어 있다.

이 기념관 안으로 들어가면 들어가자마자 정면에는 대형 화면에 죽음을 눈앞에 둔 유대인 포로들의 슬픈 표정들이 흑백의 영상들로 눈앞에 펼쳐진다. 물론 음악도 장엄하고 슬픈 분위기이다. 밝은 표정과 가벼운 발걸음으로 들어가게 된 관람객들도 입구에서부터 시작되는 비장하고 엄숙한 분위기에 저절로 목소리가 작아지고 마음가짐도 숙연해 질 수 밖에 없게 된다. 이곳은 수백만 유대인 희생자들의 원혼과 신음소리가 잠들어 있는 곳이라는 느낌이 시작부터 관람객을 맞이하는 것이다.

이렇게 시작한 입구에서부터 관람객의 동선은 지그재그 동선을 따라 각 전시장을 돌아다닐 수가 있게 되어 있다.

야드바쉠 기념관에는 유대민족이 지난 2천 년 동안 나라를 잃고 남의 나라에서 눈칫밥을 먹으며 얹혀살아야 했던 상황, 그리고 20세기에 들어서면서부터 러시아와 폴란드 유럽등에서 본격적으로 시련과 고난을 겪어야 했던 상황들 그리고 2차 세계대전 당시 히틀러에 의해서 수십만 명이

학살을 당해야 했던 그 끔찍하고도 힘들었던 역사적 사건들을 마치 한편의 장대한 다큐멘터리 파노라마 영화처럼 펼쳐진다.

특히 독일 나치에 의해서 고난을 당해야 했던 시절의 사진들, 이 사진들 속에는 뼈만 앙상하게 남은 수용소에서의 유대인의 모습이 아주 끔찍할 정도로 적나라한 모습이 담겨 있다. 그래서 그야말로 숨을 죽일 수밖에 없게 된다.

또한 가스실로 들어가게 되는 유대인들의 두려움을 넘어선 공포의 모습은 사진 속에서 조차 그 신음과 탄식이 들려 나올 듯하다. 젊은 여성이건 나이든 여성이건 모두 머리카락이 잘려 나간채로 독일군에 의해 질질 끌려가는 모습과 이미 시체가 되어 산더미처럼 쌓여 있는 모습들은 보는 이로 하여금 경악을 참지 못하게 한다.

마치 닭장처럼 좁은 수용소에서 목만 빼꼼히 내 놓고 독일 감시 군인들의 점호를 받고 있는 모습에서는 사람으로서 존중받아야 할 기본적인 권리는 찾아 볼 수가 없다. 각 방에서는 이렇게 고통 받는 유대인들의 적나라한 모습들이 흑백 사진 속에서 울부짖고 있다.

각 전시장의 곳곳에 설치된 평면 모니터에선 그때 당시 살아남은 생존자들의 끔찍하고도 공포스러웠던 그날의 상황들을 하나도 빠짐없이 낱낱이 증언하고 있는데 그 생존자들이 나이를 다해 이 땅을 떠나기 전에 그 당시의 상황이 어땠었는지를 그들의 입으로 반드시 남겨두기 위한 노력으로 보인다.

관람객들은 그 모니터 앞에 앉아 증언자들의 생생한 인터뷰를 보고 들으며 눈물을 흘리고 있다.

특이한 것은 그 생존자들의 인터뷰 육성은 분명히 스피커를 통해서 들리는데 그 스피커의 위치가 어디에 있는지 잘 파악되지 않는다. 대신 그 방안을 자세히 살펴보면 바로 관람객의 머리위에 설치된 동그란 스피커가 발견되는데 이 스피커에서 들려나오는 생존자들의 육성은 스피커에서 들려 나오는 것 같지가 않고 그저 어디선가 들려나오는 영혼의 소리처럼 들리게 설계가 되어 있는 것 같다. 이것도 일종의 특수한 효과라고 할 수 있다.

그래서 방안 곳곳에선 생존자들의 담담한 목소리로 증언하는 목소리와 그 장면을 보고 있는 관람객들의 흐느끼는 소리가 한데 어우러져 메아리친다.

유대인들의 그러한 노력은 전시물에서도 드러난다. 벽에 걸린 사진 속에는 가스실로 들어간 유대인들이 벗어 놓은 신발들이 산더미처럼 쌓여 있다. '주인을 잃은 신발이 이렇게 처참하게 보일 수 있을까….' 생각하면서 그 전시실을 나서면 관람객은 순간 비명을 지르게 된다. 사진 속에서 보았던 그 신발들이 바로 관람객의 발밑에 깔려 있기 때문이다.

아무런 예상도 하지 못한 상태에서 밟게 되는 희생자들의 실제 신발들, 그저 역사 속에 한 장면에서 그리고 전시실에 걸려 있는 흑백의 사진 속에서만 존재한 줄 알았던 그 신발들이 수많은 세월을 지나 바로 내 발밑에 깔려 있고 내가 그 신발을 엉겁결에 밟고 서 있다는 그 느낌은 뭐라고 설명하기조차 힘들다.

독일 군인들이 유대인의 시신에서 추출했다는 금니들이 산더미처럼 쌓여있는 사진 앞에도 실제 그 금니들이 수북이 쌓여 있어서 시신을 태우던 비릿한 냄새가 아직까지도 나는 것 같다.

그 방안에서 들려나오는 음악은 또 어떨까?

인간의 목소리와 가장 닮았다는 첼로의 연주가 방안을 가득 채우고 있다. 그 첼로 연주 소리는 그저 단순한 악기의 울림이 아니다. 죽음을 눈앞에 두고 처절하게 울부짖는 희생자들의 울음소리와도 같다.

사진과 각종 전시물, 그리고 어디서 들려 나오는지 그 방향을 가늠할 수 없는 증언자들의 끊어질 듯 끊어지지 않고 들려나오는 목소리, 슬프고 참담했던 그 시절의 상황을 말이 아닌 굵은 현의 울림으로 들려주는 음악소리…. 그야말로 전시실에 들어가게 되면 한편의 대하 다큐멘터리의 한 가운데로 들어온 듯한 느낌을 지을 수 없다.

이곳을 찾는 관람객들의 연령층도 다양하다.

학교에서 현장학습 차원으로 참여해서 강제적으로 찾아온 사람들은 찾아볼 수가 없다.

　엄마 아빠의 손에 이끌려 찾아온 이제 막 걸음마를 배웠을 꼬마아이들에서부터 지금 한참 대학교 앞의 카페나 극장에서 시간을 보내고 있어야 할 젊은이들, 그리고 자신도 죽음의 수용소에서 간신히 살아나왔을 것 같은 노인들에게 이르기까지 혼자서 또는 삼삼오오 모여서 찾아온다.

　이들은 모두 주말도 아닌 평일에 찾아와서 이 모니터 앞에서 생존자들의 증언을 들으며 눈물을 닦아내고 있다.

　사람들이 많지만 그 어디에서도 시끄럽게 떠드는 소리는 들을 수가 없다. 휴대전화를 꺼내서 누군가와 통화를 하며 수다스럽게 떠드는 사람도 없다. 음식을 먹는 사람도 껌을 씹는 사람도 없다.

　마치 예배당에서 예배를 드리듯이 경건하고도 엄숙한 분위기 속에서 이 장대한 역사의 다큐멘터리 속으로 빠져 들어가고 있는 것이다.

　각 전시실에는 관람객들에게 자세히 설명해 주는 자원봉사 안내원들이 배치되어 있는데 이들의 설명은 그야말로 일품이다. 그들은 연극배우는 아니지만 마치 연극배우들처럼 어떤 장면에서는 아주 담담하게 그리고 또 어떤 장면에선 격정적으로 목소리의 억양과 톤을 바꾸어 가면서 설명하는 그들의 음성은 심오하기까지 하다.

　상황에 따라서는 마치 연극배우처럼 얼굴에 표정을 지어가면서까지 그 당시의 아픈 상황을 설명해 준다. 마치 지금 자신에게 그 일이 닥친 것처럼 목소리와 얼굴 표정으로 진지하고 숙연하게 설명을 한다.

　그럼 그 안내원의 설명을 듣고 있는 사람들은 금방이라도 눈물이 나올 것 같은 표정이 된다. 안내원의 이야기를 잘 알아듣지 못하는 외국인이라 하더라도 그 안내원의 표정과 목소리 톤만으로도 지금 어떤 상황을 설명하는지 대충 알아들을 수 있을 정도이다.

그렇게 전시실은 2차 세계 대전 당시 유대인들이 독일 나치들에 의해서 고난을 당하고 난 다음 러시아를 비롯한 유럽에서 이스라엘 땅을 되찾기 위한 노력이 시작되고 여러 가지 어려운 난관을 이겨내며 마침내 1948년 팔레스타인 땅에 이스라엘 국가를 재건하기까지의 과정도 아주 자세하게 설명해 주고 있다.

이 기념관의 맨 마지막 코스는 The Hall of Names라는 방이다.

이 방안에는 천정에 지난 2차 세계 대전 당시 독일 나치에 의해 희생된 유대인의 이름과 사진이 하나도 빠짐없이 기록되어 부착되어 있다. 물론 한쪽 면은 아직도 비워져 있다. 이 공간에는 아직까지 제대로 파악되지 않은 또 다른 희생자가 나타나면 언제든지 그의 이름을 적어놓기 위한 공간이다. 그만큼 이스라엘 국가와 민족은 단 한사람의 희생자도 잊지 않고 기억하고 있다는 것을 상징하는 것이다.

홀로코스트 희생자들의 사진과 이름이 빼곡히 적혀 있는 이름의 방

그동안 약 한 시간에서 한 시간 반 동안 야드바쉠 홀로코스트 기념관의 전시장을 둘러본 관람객들은 이 이름의 방 앞에서 마침내 그동안 참았던 눈물을 왈칵 쏟아낸다.

그들의 울음소리는 통곡은 아니지만 가슴속 깊은 곳에서 그동안 한 시간 여동안 꾹 참았던 울음을 조심스럽게 꺼내어 눈물을 흘리는 것이다. 이곳에 도착하게 되면 유대인이 아니라 하더라도 아무리 먼 지구의 반대

편에서 찾아온 여행자라 할지라도 저절로 희생자들의 그 처절한 아픔을 생각하지 않을 수 없게 되며 자유와 인권과 생명의 소중함을 다시 한 번 느끼게 된다.

그리고 그 이름의 방을 나서게 되면 관람객은 또 한 번 놀라게 된다. 동선에 따라 이름의 방을 나서게 되면 갑자기 눈앞에 아름다운 예루살렘 도시의 모습이 파노라마처럼 펼쳐진다.

마치 영화의 대단원, 또는 클라이맥스를 막 지난 듯한 상황에서 한눈에 보게 되는 예루살렘 도시의 모습은 사진이나 영화의 스크린 속에 등장하는 예루살렘 도시의 모습이 아니라 지금도 바람에 나뭇잎이 흔들리고 저 멀리서 자동차와 사람들이 오가는 실제 예루살렘이 내 눈앞에 펼쳐지는 것이다.

관람객들은 이렇게 느닷없이 거대한 파노라마처럼 펼쳐지는 예루살렘 도시의 모습을 보면서 자연스럽게 양손의 주먹을 움켜쥐게 되어 있다.

'그래, 그동안 우리 조상들이 그토록 목숨을 바치고 희생당하면서 되찾은 우리의 땅, 예루살렘, 지금은 이렇게 아름다운 도시가 되었지만 이 도시를 되찾기 위해서 그동안 우리의 조상들이 우리의 부모들이 얼마나 고통을 당하고 고난을 당해 왔었던가….'

유대인들은 그 예루살렘의 도시를 바라보면서 이런 생각을 하지 않을 수 없다.

야드바솀 홀로코스트 기념관을 설계한 건축 디자이너 그리고 그 내부 공간을 연출한 박물관 큐레이터들은 이토록 관람객의 심리와 정서를 자극하기 위한 전시물과 관람객의 동선을 거의 완벽에 가까울 정도로 잘 연출해 놓았다.

하기야 창의력이나 구성력이 세계 어느 민족보다 뛰어난 유대인들이 민족의 정체성을 일깨우기 위해 이 기념관을 만들었으니 오죽이나 잘 꾸며 놓았을까?

야드 바쉠 홀로코스트 기념관은 유대인이 아니더라도 그 곳을 지나다 보면 자유와 인권과 평화가 얼마나 소중한 것이며 그 어떤 상황 속에서라도 반드시 지켜나가야 할 것이라는 것을 생각하지 않을 수 없게 된다.

마치 한 시간 반 동안의 길고 긴 터널을 지나면서 갖가지 전시물과 생존자들의 인터뷰 영상 그리고 분위기를 도와주는 여러 효과음악들을 들으며 통과하게 되면 아무리 유대인에 대한 반감과 안 좋은 생각을 가졌던 외국인이라 할지라도 어느새 유대인의 고난을 이해하게 되며 이스라엘이라는 민족과 국가를 사랑하지 않을 수 없게 된다. 외국인이 이렇게 느끼는데 자국민들은 오죽할까?

이런 표현을 하면 너무 극찬일까? 아니면 과대 칭찬일까?

야드 바쉠 홀로코스트 기념관을 들어갔다 나오면 그 어떤 나라에서 찾아 온 관람객이라 할지라도 한 시간 반 만에 어느새 몸속에 흐르는 피가 유대인의 피로 완전히 바뀌어서 나오는 듯한 착각이 들 정도다.

고난과 시련 속에서도 민족성을 잃지 않고 마침내 되찾은 땅 이스라엘을 누구라도 지키고 보호하고 싶다는 생각이 저절로 들게 만든다는 것이다.

이스라엘 사람들이 나라와 민족을 사랑하고 지키려는 애국심은 바로 이런 기념관 한 곳에서부터 시작된다고 생각된다.

이름의 방을 나오면
예루살렘의 전경이 마치 파노라마처럼 한눈에 들어오도록 연출해 놓았다

| | |
|---|---|
| 입장료 | 무료 |
| 입장시간 | 일요일~수요일 09:00-17:00 목요일 09:00-20:00 |
| | 금요일 09:00-14:00 \| 토요일 휴무 |
| 전화 | 02-644-3400 |
| 주소 | Jerusalem 91034 Israel |
| 이메일 | general.information@yadvashem.org |
| 홈페이지 | www.yadvashem.org |

14

시오니즘을 불러일으킨 이민 박물관
Clandestine Immigration and Naval Museum

이스라엘은 이민자들이 세운 나라이다.

2천 년 전부터 유럽의 여러 나라에서 흩어져 남의 나라에 이방인으로
살던 유대인들의 삶은 그야말로 핍박과 고통의 시간이었다. 그들은 삶의
터전을 제대로 제공받지 못했으며 언제 쫓겨 나갈지 모르는 불안 속에서
살았다. 더군다나 자신들만의 독특한 종교생활로인해 그 지역 주민들과
융합하지 못하는 것이 더욱 화를 불러일으킨 셈이다.

그래서 유대인들은 떠돌이 생활을 해야만 했다. 그러면서도 그들은
늘 한결같이 2천 년 전에 자신들이 살던 이스라엘 땅으로 돌아가고 싶은
마음을 잊지 않았다. 물론 그 마음은 단지 소망에 불과했었지만 그 소망

은 소망으로만 끝나지 않고 실제로 2천 년 만에 이스라엘 땅으로 돌아오기 시작했다.

그들이 이렇게 2천 년간의 디아스포라 생활에 종지부를 찍고 이스라엘 땅으로 돌아오게 된 결정적 계기는 1894년 프랑스에서 일어났던 드레퓌스 사건이었다.

유대인들의 이스라엘 귀환 운동의 시작을 알기 위해서는 드레퓌스 사건을 충분히 이해할 필요가 있다.

그렇다면 드레퓌스는 과연 누구이며 어떤 인물인가?

알프레드 드레퓌스는 유대인의 신분으로는 보기 드물게 젊은 나이에 프랑스의 참모 본부에서 대위라는 지위까지 올라간 인물이었다.

그런데 1894년 드레퓌스는 느닷없이 프랑스 주재 독일 군무관에게 해군의 군사 기밀을 제공했다는 혐의로 체포된다. 물론 드레퓌스의 스파이 혐의는 전혀 근거가 없는 것이었으며, 그 당시 프랑스에 있는 유대인에 대한 은근한 멸시와 차별 대우에서 나온 억지였다.

더군다나 유대인으로서 프랑스의 요직에까지 진출했다는 것에 불만을 품은 군 내부의 모함이었던 것이다.

드레퓌스 대위

당연히 드레퓌스는 자신의 결백을 주장했지만 그의 소리는 힘을 얻지 못하고 오히려 때를 기다렸다는 듯이 프랑스 언론들은 '프랑스의 안보를 위협하고 프랑스의 영토를 차지하려는 유대인'이라는 기사로 연일 대서특필했다.

이제 프랑스 전체는 불에 기름을 부은 듯 유대인을 향한 성토의 목소리가 넘쳐나 그 누구도 드레퓌스의 무죄 주장에는 귀를 기울이지 않았다. 다행히 드레퓌스 편이 되어 드레퓌스가 스파이를 했다는 증거를 대라고 주장하는 사람들도 있었지만 참모본부는 군사기밀이라면서 증거를 내놓지 않았다

결국 드레퓌스는 비밀리에 진행된 군사재판에서 억울하다는 호소에도 불구하고 종신형을 언도받은 뒤 아프리카의 외딴섬으로 끌려가게 된다.

이렇게 드레퓌스는 역사의 뒤안길로 사라지는 듯했다.

그러다가 그 일이 있은 후 3년 뒤 프랑스의 참모본부에 근무하던 죠르쥬 삐까르 중령 또 다른 스파이 건을 조사하는 과정에서 드레퓌스의 사건이 처음부터 모든 것이 날조되었으며 진범은 에스떼라지 라는 프랑스 장교였다는 것을 발견하게 된다.

삐까르 중령은 드레퓌스와 군사학교의 동기생이었다. 그러나 참모본부는 삐까르 중령의 이 같은 이야기를 묵살했다. 몇 년 전에 사건이 모두 마무리 되었고 프랑스 국민들도 잊고 있는 마당에 이제 와서 옛 사건을 다시 끄집어내어 또 다른 혼란을 일으키고 싶지 않았던 것이다.

뿐만 아니라 오히려 참모본부는 삐까르를 군사기밀 누설죄로 체포하기까지 이른다. 이렇게 다시 진실은 빛도 보지 못하고 묻히는 듯했다. 그러나 정말 다행스럽게도 이 새로운 소식을 전해들은 전 세계의 언론이 그냥 넘어가지 않았다. 과연 프랑스는 진실을 숨기고 있는 것인가? 왜 피고인에게 단 한 번의 변론의 기회도 주지 않고 비밀재판을 했으며 진범을 밝혀냈다는 일부의 주장을 묵살하는가?

프랑스 언론은 왜 가만히 있는가? 프랑스 언론은 죽었단 말인가? 전

세계의 언론은 이 같은 기사를 연일 다루었으며 이제 프랑스 내부에서도 '재심을 해야 한다'와 '재심을 하는 것은 프랑스 재판을 우롱하는 것이다'는 식으로 국민들의 의견이 둘로 갈라져 연일 데모와 소요가 이어지는 사태까지 이어진 것이다.

이때 1887년, 에밀 졸라가 '로로르'라는 잡지에 '나는 고발한다'는 제목으로 드레퓌스는 무죄이며 진범은 따로 있다. 이 같은 사실을 프랑스 참모본부는 모두 알고 있으며 감추고 있다는 내용의 원고를 기고했다.

이 기사를 읽은 프랑스 국민은 폭동을 일으키고 에밀졸라의 집으로 찾아가 돌을 던지는 등 사태는 심각해졌으며 결국 에밀 졸라는 재판에 회부되어 1년 형기로 감옥에 투옥된다.

이로써 프랑스는 또 다시 잠잠해지는 듯했다.

그러나 정작 스파이 활동을 했던 에스따라지는 영국으로 도망갔고 그의 범행을 덮어주었던 그의 측근이 자살하는 일이 벌어진 것이다.

영국으로 도망간 에스떼라지는 그곳에서 자신은 '프랑스와 독일의 이중첩자'였으며 드레퓌스 사건이야말로 참모본부 장군들에 의해서 날조된 사건이라는 내용을 고백으로 책을 출판하고 만 것이다.

또다시 전 세계는 분노하기 시작했다. 외국의 프랑스 대사관 앞에는 성난 군중들이 몰려들었고 프랑스의 국기를 불태우며 프랑스의 정부와 군의 부도덕성을 궐기하는 사태가 벌어졌다. 프랑스는 이제 진퇴양난에 빠졌다

결국 프랑스는 아프리카 외딴섬의 차가운 방에서 좌절과 절망에 빠져 있던 드레퓌스를 다시 불러내어 1906년 7월 12일 재판을 하게 되고 무죄 선고와 함께 소령으로서의 군복무 명령을 내리게 된다. 다시는 프랑스 땅

을 밟지 못할 것만 같았던 드레퓌스는 8년간이라는 긴 세월을 참고 견디어 냈던 것이다.

유대인이라는 이유 하나만으로 받는 차별대우와 남의 나라에 얹혀사는 민족의 설움이 드레퓌스라는 인물을 통해 나타났던 대표적인 사건이었다.

이 드레퓌스 사건을 프랑스에서 처음부터 끝까지 취재한 사람이 있었다. 오스트리아 출신 헤르츨이라는 기자인데 그는 이 사건을 취재하면서 더 이상 유대인들이 나라 없이 남의 나라를 전전하면서 살기 보다는 이제는 고향땅으로 돌아가 2천 년 전에 사라진 조국을 다시 세우면 좋겠다는 생각을 강하게 갖게 된다. 그의 그런 생각은 마침내 '유대국가'라는 책으로 출간되었으며 그는 이 책에서 드디어 모든 유대인을 흥분시키는 시오니즘을 부르짖게 된다.

시온이란 예루살렘에 있는 산을 말하는 것이지만 결국 시온산이 있는 예루살렘을 의미하는 것이며 전 세계에 흩어져 있는 유대인들이 이민족의 박해로부터 벗어날 수 있는 길은 예루살렘으로 돌아가 유대국가를 건설하는 것뿐이라고 주장했다.

이 책은 전 세계에 있는 유대인들에게 강한 자극을 주었으며 이때부터 유대인들의 활발한 팔레스타인 복귀 운동이 벌어진 것이다. 아 사건을 계기로 텔아비브는 드디어 귀국선에서 내리는 유대인들로 북적거리기 시작했다.

그러나 사실 유대인들의 팔레스타인 땅으로의 귀환은 그 전부터 시작되었다. 15세기와 16세기에 스페인과 포르투갈에서부터 시작된 귀환은 1800년대 말부터 본격적으로 시작되었다

헤르츨이 쓴 유대국가

　그러나 그 당시 팔레스타인 땅을 지배하고 있던 영국은 유대인들의 이민을 법적으로 허용하지 않았다. 유대인들이 물밀듯이 들어오는 것을 두려워했던 팔레스타인 사람들은 영국을 향해 강력하게 유대인의 이민을 말려줄 것을 항의했고 사온주의자들은 이민을 강력히 요구하면서 영국은 이러지도 못하고 저러지도 못하는 상황이 되었다

　'이 땅에 정착하기를 원하는 유대인에게는 선천적인 권리가 부여되며 유대인의 귀환권리는 이스라엘 국가보다 우선한다.'

　벤 구리온이 국회에 제출한 귀환법의 내용에는 위와 같은 구절이 있었다.

유대인들의 팔레스타인 땅으로 귀환은 크게 다섯 개의 시기로 나누어 볼 수 있다.

첫 번째 시기는 1882년부터 1903년까지인데 이때는 이스라엘 국가를 건설하는데 중추적인 역할을 하는 거물급 정치인들이 주로 이민 온 시기이다. 이때까지만 해도 팔레스타인 땅에 살고 있는 유대인의 숫자는 약 2만 5천 명에 불과했으며 주로 러시아에서 온 유대인들 이었다.

당시 러시아 왕자가 암살당하는 사건이 일어났는데 그 사건의 배후에 유대인이 있었다는 소문이 돌면서 다수의 유대인들이 러시아를 떠나는 일이 생겨난 것이다. 이때 2-3만 명의 유대인들이 팔레스타인 땅으로 이민을 온 것이다

그러나 먼저 와 있던 유대인들과의 사이가 그다지 좋지 않았다. 러시아에서 이민 온 유대인들은 종교적인 생활을 하지 않았고 세속적인 삶을 살았기 때문이다.

더군다나 외부 지원금이 러시아유대인들에게 흘러 들어가게 될 것을 두려워하며 이들은 서로 적대적인 감정을 갖게 되기까지 했었다. 이들은 주로 농업을 기반으로 정착해 나갔다.

두 번째 이민은 1904년에서 1914년까지 10년에 걸쳐 약 4만여 명의 유대인들이 주로 러시아 루마니아 예멘 등지에서 들어왔다. 이들은 주로 사화 문화 정치 분야의 조직 구조를 확립했으며 사회주의 정신이 투철했고 혁신적인 젊은이들이 많았다.

이들 중에는 초대 수상이 되는 벤 구리온과 2대 대통령이 된 이츠하크 쯔비 등 정치 지도자들이 배출되었으며 이들은 나중에 이스라엘을 건국하는데 큰 역할을 하게 된다.

그러나 첫 번째 이민자들과 두 번째 이민자들 사이에 크고 작은 충돌
아 일어나는데 충돌의 원인은 바로 노동자들의 수급문제 때문이었다.

　　첫 번째 이민자들은 경험이 많고 임금이 비교적 싼 아랍 노동자들을
사용하자는 주장을 했고 두 번째 이민자들은 어떤 일이 있어도 아랍 노동
자들은 안 된다고 주장을 한 것이다.

　　첫 번째 이민자들은 주로 농업에서 일을 했기 때문에 많은 노동자들
이 필요했고 그 노동력을 아랍인으로 부터 해결해 왔다. 하지만 주로
정치적이고 사회적인 분야에서 자리를 잡은 두 번째 이민자들은 현실 정
치보다는 아랍인의 필요성을 거부하는 정치적 이념만을 앞세워 아랍인들
의 노동력을 거부했던 것이다.

　　오히려 장기적인 안목에서 유대인 노동자들을 기용하는 것이 더 필요
하다고 주장했던 것이다. 하여튼 크고 작은 부분애서 이렇게 첫 번째 이
민자들과 두 번째 이민자들 사이에선 갈등이 생겨나기 시작했다.

　　세 번째 이민은 1920년대 초반 제1차 세계대전 이후 1919년부터 1923

팔레스타인으로 돌아오는
유대인들을 태운 선박

년 사이에 약 3만 5천명이 들어왔는데 이들은 러시아와 폴란드에서 들어온 유대인들로 특별하게 유럽의 시온주의 교육기관에서 교육을 받고 들어온 사람들이었다.

이들은 자기들 스스로 개척자라고 불렀으며 개방적이었다.

1922년도에는 드디어 팔레스타인 땅에 유대인의 숫자가 약 8만 5천명으로 늘어났다. 그러나 이때부터 팔레스타인 땅을 위임통치하기 시작한 영국은 더 이상 유대인들의 팔레스타인 귀환을 허락하지 않았고 그럼에도 불구하고 팔레스타인 땅으로 들어오는 유대인들을 모두 불법으로 규정하며 그들을 도착한 부둣가에서 철조망으로 둘러싼 보호소 안에 가둬두기도 했었다.

이스라엘의 서부 해안 도시 하이파에 있는 이민 박물관은 이스라엘의 건국 이전 세계 각국에서 팔레스타인 땅으로 돌아오던 이민자들의 실상을 그대로 보여주고 있다. 그들이 들고 왔었던 이삿짐 가방을 비롯해서 각종 생활용품 그리고 신분증 등을 전시하고 있는데 팔레스타인 땅으로 돌아오고 싶어했던 1백 년 전 유대인들의 간절한 소망을 엿볼 수 있으며 수용소 안에서의 생활모습을 그대로 재연해 놓고 있어 전시장 안은 마치 수용소 안을 돌아다니는 듯한 느낌이 들게 했다.

특히 실제 그 당시 사용하던 철조망 뒤에 갇혀 카메라를 애처롭게 바라보고 있는 유대인들의 모습은 애잔한 감동을 주기도 한다. 외국에서의 박해와 핍박을 피해 그렇게도 돌아오고 싶어 했던 자신들의 고향땅에 도착했음에도 불구하고 또 다시 영국 정부 관리에 의해 수용소로 향해야 했던 그들의 참담한 심정이 그대로 전해진다. 이스라엘 건국에 앞서 이민자들의 이야기를 자세히 알고 싶다면 이 박물관을 방문해 볼 것을 권한다.

이민 박물관의 야외에는 이스라엘 해군의 함정과 잠수함등도 전시되고 있으며 특히 잠수함은 그 내부를 들어가서 승조원의 생활을 직접 체험할 수가 있도록 하고 있다.

　　이민 박물관 바로 옆에는 이스라엘의 해운 역사를 한눈에 보여주는 선박 박물관도 함께 있다.

| 입장요금 | 성인 15nis ┃ 어린이 7.5nis |
|---|---|
| 개장시간 | 일요일~목요일 08:30-16:00 |
| 전화 | 04-853-6249 |
| 주소 | 204, Allenby road, Haifa |

수용소의 모습을 재연한
미니어처

실제 철조망 뒤에 앉아 있
유대인들의 모습

이민자들의 생활모습

15

# 이스라엘 건국의 아버지 벤 구리온의 집
# Ben-Gurion House

　　이스라엘의 남부 도시 브엘세바<sup>Beersheba</sup>에서 더 남쪽으로 네게브 사막을 향해 자동차를 몰고 달려가다 보면 끝없이 펼쳐지는 황량한 사막길이 나온다. 말이 사막 길을 달리는 것이 실제로 이곳을 달려가다 보면 눈이 몽롱해 질 정도로 지평선이 이어지고 아무리 자동차의 에어컨을 틀어도 숨이 턱턱 막혀 옴을 느낄 수 있을 만큼 네게브 사막은 황량하기 이를 데 없다.

　　이 사막이 성경에서는 신광야<sup>wilderness of Zin</sup>로 불린다.

생전의 벤 구리온

　신광야는 하나님께서 모세에게 알려주셨던 가나안 땅의 남쪽 경계선 중의 하나였다. 신광야는 에돔과 가네스 바네아를 포함하는 광야로 이스라엘 백성이 물이 없다고 원망하며 하나님을 시험했던 '므리바 물사건'이 일어났던 곳이다.

　그 사막을 약 40여 km를 더 달려가다 보면 눈을 의심할 만큼 마치 사막의 작은 오아시스 처럼 푸른 녹지로 둘러싸인 작은 키부츠를 하나 발견하게 된다. 이곳이 바로 Sde Boker 키부츠이다. 도대체 이 황량한 사막에 어떻게 저렇게 푸른 나무들로 울창한 숲속이 만들어질 수 있는 것일까?

　정말 자연의 능력에 감탄할 수밖에 없게 되는데 사실 그 숲속은 자연이 만든 것이 아니라 바로 네게브에 자리 잡은 유대인의 키부츠닉들이 일궈놓은 인간의 작품이라는 것을 알면 놀라지 않을 수 없다. 바로 이곳에 이스라엘 건국의 아버지라고 불리우는 벤 구리온의 생가와 무덤이 있다.

　그럼 도대체 왜 이곳에 벤 구리온의 생가가 있는 것일까? 이 키부츠와 벤 구리온<sup>Ben Gurion</sup>과는 과연 어떤 관계가 있는 것일까?

　1886년 10월 16일 폴란드 프윈스키Plonsk에서 태어난 그는 원래 본

명이 데이비드 구루에는<sup>David Gruen</sup>이었다. 그의 아버지 빅토르 그루에는은 동유럽에서 억압받는 유대인들에게 옛 고향 이스라엘로 돌아가야 한다는 사상을 보급시켰는데 그의 아들 벤 구리온은 그 영향을 많이 받았다.

1906년 20살의 젊은 나이에 팔레스타인에 입국해 갈릴리 북부 지역에서 다른 유대인들과 함께 농부로 일을 하면서 팔레스타인 노동당의 활동분자로 활약하면서 그 기관지의 편집장 역할까지도 했었다. 하지만 그는 제1차 세계 대전 당시에 연합군에 가담했다는 이유로 오스만 투르크에 의해 미국으로 추방되어 그곳에서 러시아 태생의 파울라<sup>Paula</sup>를 만나 결혼을 하고 이름도 히브리식 이름인 벤 구리온으로 바꿨다.

그 후 1919년에 벤 구리온은 팔레스타인으로 돌아와 시오니스트인 벤 츠비와 함께 유대 군단을 결성하여 영국군과 함께 팔레스타인 전쟁에 참여했다.

그러다가 1933년 국제 시오니즘의 최고 감독기관인 시오니즘 집행위원회<sup>Zionist Executive</sup>에 들어가 2년 후에 위원장이 되었고 1945년 5월 이스라엘 공화국 성립과 함께 총리가 되어 1953년까지 그 지위에 있었다.

이때 벤 구리온은 전 세계에 흩어져 있는 모든 유대인들이 이스라엘로 돌아와야 할 것을 천명하고 특히 이스라엘의 남부 네게브 사막에 정착해야만 이스라엘이 살아남을 수 있을 것이라는 것을 강조했다.

그때만 해도 이스라엘의 남부 네게브 사막은 그야말로 버려진 땅이었으며 사람이 살 수 없는 곳이라는 인식이 팽배해 있었다. 도대체 사람이 살수 없는 사막 한가운데에 어떻게 정착하여 살수가 있단 말인가?

그러나 벤 구리온의 생각은 달랐다. 네게브 사막을 살리면 이스라엘이 살 수 있고 네게브 사막이 죽으면 이스라엘도 살아날 수 없다고 생각하였다.

그러면서 이스라엘로 돌아온 유대인들이 네게브 사막에 정착해서 키부츠를 형성할 수 있도록 온갖 행정적인 지원을 아끼지 않았다. 총리가 된 벤 구리온은 제일먼저 이스라엘 북쪽 지역에 있는 갈릴리 호수에서 부터 수백 km 떨어진 네게브 사막까지 송수관을 연결해서 사막한가운데에 물을 공급하기 시작했다.

드디어 사막에 나무가 자라기 시작했고 수풀이 우거지기 시작했으며 그곳에서 유대인들은 농사를 짓기 시작했다. 벤 구리온의 이런 철학과 불도저식으로 밀어붙이는 리더십에 많은 이스라엘 국민들은 박수를 보내기 시작했고 그의 주장에 동조하기 시작했다.

1948년 5월 14일 미국과 영국의 반대에도 무릎 쓰고 이스라엘을 건국시킨 벤 구리온은 바로 그날 저녁부터 시작된 제1차 중동전쟁을 맞이하여 타고난 리더쉽과 카리스마로 수많은 중동국가의 군인들을 물리쳤고 전쟁을 승리로 이끌어냈다.

국민들의 사랑을 한 몸에 받게 된 벤 구리온은 총리가 된 지 5년 뒤, 1953년 총리직에서 물러난 벤 구리온은 운전기사에게 차를 네게브 사막의 한가운데에 있는 Sde Boker라는 키부츠로 행선지를 바꿀 것을 명령한다. 그리고 그는 그때부터 약 20여 년간 이 키부츠에서 다른 유대인 농부들과 함께 삽과 곡괭이를 들고 농장에 나가서 일을 하기 시작했다.

남들에게만 네게브 사막에 정착할 것을 강요한 것이 아니라 본인 스스로도 공직에서 물러남과 동시에 사막으로 스스로 들어가는 솔선수범을 몸으로 보여 준 것이다.

한나라를 건국하게 하고 또 5년간이나 초대 총리를 지냈던 사람이 자신의 공직이 끝나는 그 시점에 농장으로 돌아와 삽자루를 손에 쥔다는 것은 그 누구도 상상치 못했던 일이었다. 하지만 벤 구리온은 자신의 뜻을 굽히지 않았다. 4평도 안 되는 작은방에 짐을 풀고 그곳에서 낮에는 농장에 나가 일을 하고 밤에는 서재에 앉아서 책을 읽고 또 책을 집필했던 것이다. 전직 총리라고 해서 특별 예우를 받은 것은 단 하나도 없었다.

벤 구리온은 1955년부터 1963년까지 다시 총리가 되었다. 물론 63년에 총리직을 물러난 후 그가 돌아간 곳도 역시 이곳 Sde Boker 키부츠 였다. 그 후 1973년 12월 1일, 그는 이곳에서 파란만장한 삶을 마치고 하늘로 갔다.

지금도 Sde Boker 키부츠의 한쪽에 마련된 그의 생가는 마치 40여 년전 시계가 멈춘 듯 그 모습 그대로 보존되어 관람객들을 맞이한다. 한사람의 생가가 그대로 박물관이 되어 이스라엘 건국의 아버지를 그곳에서만날 수 있게 해 놓은 것이다.

벤 구리온의 정치적 신념을 기리기 위해 새로운 건물을 근사하게 재건축해 놓은 것이 아니라 실제 살았던 집을 손 하나 건드리지 않고 40여년 전의 모습을 Ben Gurion's house라는 이름으로 그대로 남겨 놓은 것이다.

벤 구리온 하우스는 두개의 전시실로 되어 있다. 하나는 네게브 사막에 정착하여 농사를 짓던 Sde Boker의 키부츠인들이 어떻게 농사를 짓고살았는지와 그 당시 정치적 경제적 상황을 보여 주는 전시실이고 또 하나는 바로 그 옆에 있는 벤 구리온의 집이다.

단층에 하얀색의 벽으로 되어 있는 아담한 집에 들어가면 제일먼저현관이 나온다. 이곳의 한쪽 구퉁이에 마련된 테이블이 있는데 40여 년

첫 번째 전시실에는
벤 구리온과 관련된 사진과 각종 서류들이
전시되어 있다

두 번째 전시실인 벤 구리온의 생가에는
생전의 벤 구리온이 사용하던 모든 집기들이
그대로 보존되어 있다

전 벤 구리온이 이곳에 앉아 차를 마시며 책을 읽었던 자리같이 보인다.
현재도 그 테이블에는 몇 개의 컵과 주전자가 그대로 보존되어 있기 때문
이다.

그 현관문을 지나서 거실로 들어가면 5천여 권의 책이 꽂혀 있는 작
은 서재가 보인다.

자신의 생가를 찾아온 손님들을 맞이하던 거실

생전의 벤 구리온이 사용하던 침실.
이곳엔 아직도 그의 슬리퍼가 침대 옆을 지키고 있다

그 서재에는 방금 전 까지만 해도 벤 구리온이 앉아서 뭔가 책을 보고 글을 썼을 것만 같이 책상 위에는 벤 구리온이 쓰던 안경과 펜이 그대로 뒹굴고 잇다 원고뭉치와 메모지도 쌓여있다. 그 앞에는 바로 그 자리에서 벤 구리온이 신문을 읽고 있는 사진이 세워져 있다

그리고 각 부분에 대해서 설명해 놓은 그림도 있다

벤 구리온의 집이 다른 키부츠인들의 집과 다른 점이 하나 있다면 그것은 세계 각국에서 벤 구리온을 만나기 위해 찾아왔던 손님들이 머물던 게스트룸이 따로 있었다는 것이다. 이곳은 별다섯 개짜리의 호텔 침실과는 전혀 다른 모습이다. 아무리 권위가 있는 세계의 정치 지도자들이 찾아왔다 하더라도 벤 구리온과 똑같은 시설의 게스트룸에 머물 수밖에 없다. 그것은 벤 구리온의 철칙이기도 했다. 그 게스트 룸 바로 옆에는 벤 구리온의 부인인 파울라 여사가 다른 키부츠 사람들

과 마찬가지로 똑같이 음식을 준비하던 주방이 있는데 그곳에는 역시 여러 주방기구들이 사용하던 그대로 보존되어 있다.

벤 구리온 부부가 잠들었던 침실에는 아직도 주인을 기다리는 슬리퍼가 작은 카펫 위에 놓여 있었다.

그는 과연 이 침대에서 잠들며 무슨 생각에 잠겼을까? 한때는 한나라의 총리로써 세계 정치사를 쥐락펴락했다가 이제는 한낮 이스라엘의 남부 사막 한가운데 있는 작은 키부츠에서 농사일을 하며 천근만근 무거워진 자신의 몸을 주무르며 권력의 무상함을 한탄하다가 잠들었을까? 아니다. 벤 구리온은 이 침대에서 네게브 사막이 푸른 숲으로 변해져 가는 이스라엘의 희망을 꿈꾸며 잠들었을 것이 분명하다.

한 시대를 풍미했던 이스라엘의 정치인 벤 구리온의 아직도 살아있는 숨결을 느끼고 싶다면 이곳 Sde Boker 키부츠에 있는 Ben-Gurion House를 꼭 찾아가 볼 것을 권한다. 결코 찾아가기 쉽지 않은 길이지만 고생한 만큼 깨닫는 것이 많은 박물관이 될 것이다.

이곳에선 이스라엘 남부 사막의 성경적 배경에 대한 교육 프로그램, 워크숍, 세미나, 다양한 투어 제공, 학습활동을 할 수 있도록 프로그램을 도와주고 있으며 25분간 진행되는 벤 구리온에 관한 'Formative Decisions'라는 다큐멘터리 영화를 볼 수도 있다.

| 입장요금 | 어른 12nis 토요일은 10nis |
| --- | --- |
| 개장시간 | 일요일-목요일 08:30-16:00 금요일 08:30-14:00 |
| | 토요일 10:00-16:00 |
| 전화 | 08-656-0469 |
| 주소 | Kibbutz Sde Boker 84993 |
| 이메일 | Zrif.bg@gmail.com |
| 홈페이지 | www.bgh.org.il |

16

이스라엘 건국의 현장
Independence Hall

1948년 5월 14일 (히브리력으로는 5708년 이야르월)금요일 오후 3시 30분, 그날은 안식일이 시작되는 날이자 1917년부터 시작된 영국의 위임 통치의 공식적 만기가 드디어 종지부를 찍는 날이었다. 평소 이맘 때 쯤 다른 유대인 같았으면 집에서 시작될 안식일 저녁 식사를 위해 바쁘게 집으로 향하고 있었을 텐데도 텔아비브에 있는 바이블 박물관에는 비장한 표정의 유대인 남자들이 한 사람 두 사람 모여들기 시작했다.

이들의 손에는 한결같이 14일 당일 아침 일찍 심부름꾼들에 의해 전달된 초청장들을 들고 있었고 다른 사람이 알아볼까봐 모두들 조심스럽게 그리고 비밀스럽게 이 장소로 찾아왔다. 텔아비브의 박물관 입구에 건장한 유대인 남자들이 입구를 지키고 있었고 초청장을 확인한 다음에야 안으로 들여보내졌다.

　이들이 이렇게 비밀스럽게 이 박물관으로 모여드는 이유는 무엇 때문일까? 그리고 그들이 모여드는 이유를 다른 사람들이 알면 어떤 일이 벌어지는 것이었을까?

　이들은 이날 이곳에서 AD70년 로마에 의해 이스라엘이 멸망한 이후 1천 9백 년 동안 그렇게도 손꼽아 기다리던 이스라엘의 재건을 세계만방에 선포하는 독립선언식을 열기 위해 모여드는 것이었다.

　1차 대전이 한창일 때 영국은 오스만 터키와 맞서 싸우면서 그 당시 팔레스타인 땅에 살고 있는 팔레스타인 사람들과 주변 아랍 국가들에게 터키와 맞서 싸우면 팔레스타인 땅에 아랍국가 건설을 할 수 있도록 돕겠다는 맥마흔 선언을 했다.

　하지만 그렇게 아랍 국가를 자기편으로 끌어들였음에도 불구하고 전세가 유리해지지 않자 이번에는 미국을 자기편으로 끌어들이기 위한 수를 쓰게 된다. 그러기 위해선 미국의 유대인들에게 환심을 얻어야 하는데 영국은 미국이 전쟁에 참여해 준다면 팔레스타인 땅에 유대인 국가를 건설할 수 있도록 하겠다는 벨포어 선언을 하게 된다. 한마디로 영국은 아랍 국가들과 유대인들에게 이중 계약을 한 셈이다.

　어쨌든 1차 대전 이후 전 세계에 있던 유대인들은 영국의 약속대로 팔레스타인 땅으로 밀려오기 시작했고 이미 그곳에서 살고 있었던 아랍인들은 당황하게 된다. 도대체 이게 어떻게 된 일인가?

　자신이 저질러 놓은 이중 계약으로 인해 팔레스타인 문제가 복잡해지자 영국은 이 문제를 UN에게 떠넘기고 만다. 결국 UN은 1947년 11월 29

일에 열린 총회에서 팔레스타인을 아랍과 유대의 두개의 나라로 분리하는 결성을 내리게 되는데 팔레스타인 땅 면적의 43.53%를 아랍민족에게 주고 절반 이상이나 되는 56.47%를 유대인들에게 나눠주었다.

당연히 아랍사람들은 UN의 이런 결정을 따를 수가 없었고 국제사법 재판소에 제소를 하는 등 반대 시위를 하며 유대인들과 크고 작은 충돌이 이어졌다. 하지만 UN으로 부터 정식으로 유대국가 건설에 대한 허락을 받아 놓은 이상 유대인들은 더 이상 기다릴 수가 없었다.

영국의 위임통치가 밤 12시에 끝나는 1948년 5월 14일, 유대 국가의 건국을 전 세계에 선포해야만 했다. 그러나 이 날의 독립선언식이 아랍사람들에게 알려진다면 그들은 분명히 수단과 방법을 가리지 않고 이 행사를 저지하고자 했을 것이다. 그래서 그들은 지금 그렇게 은밀히 모여들었던 것이다. 장소는 텔아비브의 로스차일드 거리에 있는 텔아비브 박물관,

박물관은 2층으로 구성되어 있는데 2층에는 이스라엘의 역사를 한눈에 볼 수 있는 각종 유물들과 그림들이 전시되어 있었지만 1층에는 약 3백 명 정도가 들어가 앉을 수 있는 세미나실로 되어 있었다. 이들이 모여든 곳은 1층에 있는 세미나실이었다. 그 세미나실 안으로 들어가는 순간, 모든 사람들이 그 장엄한 분위기에 압도되어 숨을 쉴 수가 없었다.

세미나실 정면에는 초록색의 커튼이 길게 드리워져 있었고 그 중앙에는 데오르드 헤르츨의 흑백사진이 커다랗게 걸려 있었다. 그리고 그 사진의 양옆에는 유대인들이 기도를 할 때 머리에 뒤집어쓰는 탈릿의 모양을 본떠 파란색의 줄무늬가 세로로 그려져 있는 그 가운데에 다윗의 별이 함께 그려져 있는 천이 양쪽에 똑같은 모습으로 드리워져 있었다.

그 앞에는 테이블이 길게 놓여 있었고 벤 구리온을 비롯한 유대인 지

도자들이 앉아 있었다. 테이블 앞에는 약 250여 명의 사람들이 이 역사적인 순간을 직접 목격하기 위해 찾아와 앉아 있었다.

그러나 사람들은 모두 모였는데 아직도 독립선언문이 도착 되지를 않았다. 독립선언문은 작성하는 과정에서 수많은 의견들이 오고 갔다. 그 중에 가장 중요한 문제는 과연 새롭게 태어날 유대국가의 이름을 무엇으로 하는 것인가였다.

이때 의견으로는 에레츠 이스라엘(Eretz Israel), 에버(Ever), 유대(Judea), 시온(Zion) 등이 제안되었으며, 시오나, 이브리야, 헬즈리야 등도 후보로 올라왔다. 유대와 시온은, UN의 분할 계획에 따라 예루살렘(시온)과 대부분의 유대 산이 그들 영역에 포함되지 않는다는 이유로 기각되었다. 그러나 벤 구리온은 새로운 국가의 이름을 '이스라엘'로 제안하였으며, 이는 6표 대 3표로 겨우 통과되었다.

당일 확정된 독립선언문은 마지막 순간까지도 수정에 수정을 거듭하여 타이프라이터기로 작성했다. 그런데 이 독립선언문을 행사장으로 전달하기로 임무를 부여 받은 제에프 샤레프라는 사람은 아주 결정적인 실수를 하고 만 것이다.

행사를 앞두고 초읽기로 완성된 선언문을 기다리고 있기는 했지만 정작 그 선언문을 어떻게 행사장까지 가져가야할 지 그 교통편을 마련해 놓지 않았던 것이다.

결국 그는 지나가던 차를 불러 세워 행사장까지 급하게 데려다 줄것을 부탁했고 규정속도를 위반하면서까지 급하게 달려갔다. 도중에 교통경찰이 속도위반으로 멈춰 세웠지만 샤레프는 지금 자신의 가방 속에 독립선언문이 들어있으며 급하게 행사장으로 가져가야 한다는 사정을 이야기하자 딱지를 끊지는 않았다.

결국 독립선언문이 행사장에 도착한 시각은 행사 시작 1분 전인 3시 59분이었다.

타이프라이터기로 작성된 독립선언문이 드디어 벤 구리온의 손에 들어왔다. 그 선언문 종이를 받아든 벤 구리온은 다시 한 번 깊은 심호흡을 했다.

드디어 기념식이 시작되었다.

벤 구리온은 의사봉을 두들겨서 선언식을 시작했고 곧이어 초대받은 250명의 손님들은 하티크바(희망이라는 히브리어)를 노래를 불렀다. 이 노래는 나중에 이스라엘의 국가가 된다.

벤 구리온은 아주 똑똑하고 분명한 발음으로 천천히 말을 꺼냈다.

"이제 완성된 문서를 읽어드리겠습니다."

　이날의 행사는 이스라엘의 소리(Kol Yisrael) 라디오 방송국의 개국 첫 방송으로 팔레스타인 전체에 생중계 되었다.

　"우리 인민평의회 의원은 이스라엘 땅의 유대인 사회와 시오니즘 운동을 대표해서 이스라엘 땅에 대한 영국의 위임통치가 종료되는 오늘, 여기에 모였습니다⋯(중략)⋯우리들의 자연권이며 역사적인 권리에 기초하고 또한 UN총회의 결의에 입각하여 이스라엘 국으로 알려지게 된 유대인 국가를 이스라엘 땅에 수립함을 선언합니다."

　그렇게 벤 구리온은 16분 동안 독립선언문을 읽어 내려갔다. 그리고는 대중을 향해 마지막으로 입을 열었다.

　"이스라엘 국가는 창립되었습니다. 오늘 회의는 이걸로 끝입니다."

이곳에 모여든 사람들은 그 장면을 보고 숨이 막힐 듯 감격에 겨워했다. 방송을 들은 사람들은 거리로 나와서 서로 어깨동무를 하고 춤을 추며 노래를 부르기 시작했고 전 세계의 언론들도 앞 다투어 보도하기 시작했다.

그리고 독립선언을 발표한지 정확히 11분 만에 미국의 트루먼 대통령은 이스라엘 국가를 인정했으며 곧이어 UN 분할 계획에 반대했던 이란의 샤 모함마드 레자 팔라비를 비롯해, 과테말라, 아이슬란드, 니카라과, 루마니아, 우루과이에서도 국가를 인정 한다고 발표하였다. 뿐만 아니라 1948년 5월 17일 소비에트 연방은 처음으로 이스라엘을 합법적으로 인정하였으며, 폴란드, 체코슬로바키아, 유고슬라비아, 아일랜드와 남아프리카가 뒤를 이었다.

그러나 아랍 국가는 커다란 충격에 빠지고 말았다. 이스라엘 국가가 탄생한 5월 14일 바로 그 다음날인 5월 15일을 아랍 국가는 재앙의 날이라는 뜻으로 나크바의 날이라고 정했으며 독립 선언을 한 지 얼마 지나지 않아 이스라엘에는 이집트, 이라크, 레바논, 시리아 군들이 들이닥쳤다. 이것이 바로 제1차 중동 전쟁이다.

바로 이 역사적인 이스라엘 국가의 재탄생을 알렸던 텔아비브 박물관의 1층 세미나실은 Independece Hall이라는 이름의 박물관으로 탈바꿈되어 지금도 관광객의 발걸음이 끊이질 않고 있다.

텔아비브에서도 가장 번화한 곳이라 할 수 있는 로스차일드 거리는 마치 미국 뉴욕의 골목처럼 언제나 젊은이들로 북적거린다. 거리에는 노천카페와 작은 공원이 있고 애완견을 끌고 산책나온 시민들과 많은 사람들이 운동복 차림으로 조깅을 하고 있어 작심하지 않으면 독립선언 기념

관을 찾기 쉽지 않다. 하지만 물어물
어 찾아가 들어가면 그곳은 마치 문 하
나를 사이에 두고 60여 년 전으로 돌아
간 듯한 착각이 일어날 정도이다.

벤 구리온이 지금까지 앉아 있다
가 방금 전 어디론가 사라져버린 듯 그
어느 하나 손을 대지 않은 채 그 긴박
했던 순간을 그대로 정지시켜 놓았다.
그리고 어디선가 벤 구리온이 그 당시
에 독립선언문을 읽어 내려가던 목소
리가 스피커를 통해 들려 나온다.

벤 구리온이 독립선언문을 낭독할 때 중계하던
방송장비

정면에 있는 테이블에는 마이크
가 아직도 그 모습 그대로 세워져 있
고 의자들도 변함없이 가지런히 정렬
되어 있다. 그 의자에 앉아 있으면 그
당시 긴장감이 흐르던 공기가 코로 들
어온다. 이스라엘은 그 역사적인 순간
의 장소를 이렇게 박물관으로 만들어
이스라엘 국민들에게는 물론 전 세계
에서 찾아온 관광객들에 이스라엘 재
탄생의 의미를 알려주고 있는 것이다.
세미나실 양쪽의 작은 방에는 그때 당
시의 상황을 발표한 NewYork Times

이스라엘의 독립선언을 보도했던
그때 당시의 뉴욕 타임즈 신문

와 외국 신문들, 그리고 독립선언문을 수정하던 초고의 타이프 원본 등
그 당시 자료들이 전시되고 있다. 한쪽에는 그때 당시 벤 구리온의 목소
리를 전국에 생중계하던 방송장비들도 역시 전시되어 있다. 박물관이란
건물을 새로 짓고 오래된 유물들을 발굴해서 모아 놓은 것만이 아니라 이
렇게 역사의 현장을 그대로 보존하는 것도 아주 좋은 방법이라는 것을 알
게 해 주는 곳이다.

| | |
|---|---|
| 입장요금 | 확인할 것 |
| 입장시간 | 일요일~목요일 09:00-14:00 |
| 전화 | 03-517-3942 |
| 주소 | 16, Rothschild Ave, Tele Aviv Shalom Tower near |

17

6일 전쟁의 총성이 남아 있는
Ammunition Hill

1967년 6월 5일 새벽, 이스라엘의 공군기지에서 발진한 전투기들이 이스라엘의 남쪽을 향해 지중해의 해수면에 거의 닿을 듯 날아갔다. 레이더망에 걸리지 않도록 워낙 낮게 날아간 전투기들은 그 굉음소리가 천지를 진동했지만 아무도 전투기의 발진을 눈치 채지는 못했다.

이윽고 그 전투기들은 이집트의 시나이 반도에 진을 치고 있던 이집트의 전차를 향해 폭격해 나갔다. 폭격이 시작된 지 30여 분 만에 아무런 준비태세도 갖추지 못했던 이집트의 전차들은 속수무책으로 산산조각이 나는 수밖에 없었다.

이제 시나이반도 중에서도 이스라엘의 국경 쪽에 잔뜩 몰려 있었던 이집트의 전차부대는 완전히 괴멸되었고 시나이 반도의 제공권은 사실상 이스라엘로 넘어간 셈이었다.

그리고 뒤이어 이스라엘 남부군의 기갑부대가 여기저기 검은 연기를 피워 올리고 있는 시나이 반도를 위로 아래로 그리고 중앙으로 세 갈래로 진격해 달리기 시작했다. 전투기의 공습에서 다행히 목숨을 건진 이집트의 병사들은 캐터필러의 굉음을 내며 달려오는 장갑차들을 보고는 총 한 번 쏴보지도 못하고 백기를 들어야 했다.

물론 시나이 반도에 진을 치고 있던 이집트 병사들의 다급한 무전이 본국을 향해 날아갔지만 놀랍게도 그들은 2차 대전 당시에 사용하던 무전 채널을 그대로 사용하고 있어서 그들의 우왕좌왕 하는 소리까지도 이스라엘 장갑차 안에서 다 듣고 있었다. 더 기가 막힌 것은 이집트 군대에는 소련으로부터 지원 받은 대포가 여럿 있었지만 아직까지 그 사용법을 제대로 숙지하지 못한 상태였기 때문에 그들의 반격으로 날아간 대포알은 엉뚱한 데로 떨어지기 일쑤였다.

그렇게 이집트의 시나이 반도는 단 하루 만에 이스라엘의 수중에 들

시나이 반도로 진격하는
이스라엘 전차부대

어가고 말았다.

시나이 반도의 제공권을 완전히 빼앗겼음에도 불구하고 이집트의 방송은 그 같은 사실을 감춘 채 이스라엘이 시나이 반도를 침공했지만 곧바로 이집트의 용맹한 전차 부대들이 이스라엘 군대를 상대로 용감하게 싸워 퇴각시켰다는 거짓된 내용을 내보냈다.

이런 잘못된 방송은 시나이 반도 구석구석에 있었던 이집트의 군사들에게 잘못된 판단을 하는 커다란 역할을 했다. 도주의 기회를 놓치고 있다가 느닷없이 밀고 들어오는 이스라엘 전차를 맞이하고 일부는 죽음으로 또 일부는 포로로 끌려가 버린 것이다.

어떤 벙커는 이미 이집트의 군인들이 모두 다 도망해 버려 본국에서 애타게 부르는 무전기 소리만이 찍찍 거리며 들려왔고 그 무전기를 집어든 이스라엘 군인들은 히브리어로 조롱까지 해 댔다. 시나이 반도는 순식간에 거대한 묘지로 바뀌어 버린 셈이다.

잘못된 방송은 시리아와 요르단에게 또 다른 잘못 판단을 하게 만들었다. 이스라엘의 이집트 시나이 반도 침공과 이스라엘의 퇴각 방송을 들은 시리아와 요르단이 같은 아랍권의 우의를 앞세워 공격을 감행한 것이다. 안 그래도 이집트와 요르단과 시리아 사이에 끼어 들어 늘 맘에 들지 않았던 이스라엘을 이번 기회에 이집트와 합세하여 반드시 팔레스타인 땅에서 내   아 내버리겠다는 일념으로 제일먼저 요르단이 공격해 왔다.

그때가 이스라엘의 이집트 공격을 시작한 뒤 6시간만이었다.

단 하루 만에 그 넓은 시나이 반도를 접수해 버린 이스라엘 군대는 이번에는 예루살렘의 올드시티에서 공격해 오는 요르단 군대를 향해 총구를 돌렸다. 이스라엘 사람들에게 예루살렘은 반드시 되찾아야만 하는 곳이었다. 그 옛날 아브라함이 아들 이삭을 받치는 순간 하나님의 음성이 들렸던 곳이고 또 그곳에 솔로몬이 하나님께 제사를 드리는 성전을 세웠던 곳이 아니었던가? 그곳을 AD70년에 로마가 파괴하고 그 후로부터 지금까지 1천 9백 여 년 동안 눈만 뜨면 되돌아가고 싶어 했던 정신적 고향이 아니었던가? 이스라엘로서는 더 이상 망설이거나 머뭇거릴 사항이 아니었다.

하지만 예루살렘의 올드시티는 시나이반도와는 물리적으로 분명히 다른 상황이었다. 수백 년 전에 지어진 성벽과 미로처럼 구불구불하고 언덕으로 이뤄진 예루살렘의 올드시티에는 시나이 반도에서처럼 전투기로 공격을 할 수도 없었고 골목이 너무 좁아 전차도 밀고 들어갈 수 있는 상황이 아니었다.

더군다나 예루살렘으로 진격해 들어가기 위해선 반드시 넘어야 할 산이 있었는데 그곳이 바로 예루살렘 올드 시티에서 서쪽으로 불과 2km 떨어져 있는 Ammunition Hill이었다. 이곳은 1930년 영국의 위임통치 시설에 만들어 놓은 경찰학교의 탄약 창고가 있는 곳이었는데 Ammunition이란 탄약 창고를 뜻한다.

6일 전쟁 당시에도 이곳은 요르단의 수중아래에 있었으며 예루살렘을 지키기 위해 고군분투하고 있는 요르단 군인들에게는 중요한 전략적 요충지였고 이스라엘 군인들은 이곳을 반드시 탈환해야만 했다. 이곳을 점령해서 요르단 군인들을 무기력하게 만들어야 했고 예루살렘 공격을 위한 발판을 삼아야만 했다.

6일 전쟁이 발발한지 불과 하루 만인 6월 6일 새벽 2시 반, 드디어 이스라엘의 기갑부대와 포대의 도움으로 66연내의 탈환작전이 시작되었다. 먼저 포대가 탄약창고의 담장을 향해 폭탄을 쏟아 부으며 허물어뜨렸고 그 뒤에 전차를 앞세운 기갑부대가 진격하면서 동시에 낙하산 부대가 낙하함으로써 전투가 개시된 것이다.

물론 요르단 군인들도 이스라엘 군인들의 공격을 어느 정도 예상은 하고 있었지만 그래도 6일 전쟁이 개시된 지 하루 만에 이렇게 갑작스럽게 돌진해 올 줄은 몰랐었다. 요르단 군인들의 저항은 필사적이었다.

하늘에서 낙하산을 타고 내려오는 이스라엘 군인들을 향해 대공포를 발사하기 시작했고 이 과정에서 수많은 이스라엘 낙하병들이 땅을 밟기도 전에 목숨을 잃어야만 했었다.

Ammunition Hill은 순식간에 피비린내 나는 전투현장으로 바뀌었고 여기저기서 살려달라는 신음소리와 비명소리가 이곳의 새벽하늘을 가득 채웠다. 하지만 이 작전도 개시된 지 불과 4시간 만인 오전 7시에 끝을 맺었고 드디어 Ammunition Hill은 이스라엘 군인들에 의해서 함락되었다. 이 전투에서 이스라엘 군인 36명이 전사를 했고 요르단 군인은 71명이나 전사를 했다. 바로 전날 이집트의 시나이반도 전투에서도 이스라엘 군인 측은 그다지 큰 피해를 입지 않았던 것에 비해서 이날의 전투는 너무도 큰 희생이었다.

피를 흘리며 쓰러져 있는 동료 군인들의 시신을 수습하며 Ammnition Hill을 함락은 이스라엘 군인들은 재빠르게 참호를 구축했고 그때부터 예루살렘 함락을 향한 본격적인 제2차 작전이 개시되었다.

우선 이스라엘 군인들은 예루살렘의 북쪽에 있는 스쿠푸스산(현재의 히브리 대학이 있는 자리)을 점령하고 그 다음에 예루살렘성의 북쪽에 있는 스테판 문을 통해 올드 시티 안으로 진격해 들어갔다.

예상했던 대로 요르단 군인들의 저항이 만만치 않았다.

이집트의 지리멸렬한 군인들과는 달리 미국제 무기와 잘 훈련된 요르단의 군인들이 골목 구석구석에서 숨어 기총사격을 해대는 바람에 이스라엘 군인들의 예루살렘의 공격은 말처럼 쉬운 일이 아니었다.

요르단 군인들과 싸우는 예루살렘의 올드 시티 전투는 이스라엘로서도 죽음의 전투였다. 얼마나 많은 이스라엘 병사들이 죽어갔는지 경사진 골목마다 검붉은 피가 빗물처럼 흘러 내렸으며 몇날 며칠 동안 피비린내가 가시지 않을 정도였다 했을 정도니…. 이스라엘 군인은 장갑차와 전차에서 뛰어 내려 시가전을 벌이며 조금씩 예루살렘의 올드 시티 골목 안으로 들어가 결국은 요르단의 공격이후 30시간 만에 올드시티 역시 이스라엘의 수중에 들어가고 말았다.

이스라엘 군인들이 마침내 통곡의 벽 앞에 섰을 때 그들은 철모를 벗고 통곡을 했다.

'하나님, 이제야 우리가 성전벽 앞에서 섰습니다.'

이렇게 해서 결국 예루살렘은 1천 9백년 만에 이스라엘의 손에 들어오게 된 것이다.

Ammunition Hill의 끔찍했던 전투가 있었기 때문이었다.

현재 예루살렘의 Shragai 거리에 있는 Ammunition Hill은 그날의 피비린내 나는 전투와 주변 전투에서 전사한 182명의 이스라엘 군인들의 넋을 기리는 역사박물관으로 탈바꿈되어 관람객들을 맞이하고 있다. 박물관 안으로 들어가면 언덕의 잔디밭에는 6일 전쟁 당시에 탄약 창고를

통곡의 벽 앞에서 감격하는
이스라엘 군인들

향해 폭탄을 발사했던 이스라엘 전차 M4 Sherman 몇 대가 그날의 끔찍했던 상흔을 그대로 머금은 채 전시되어 있는 것을 볼 수가 있다. 그리고 잔디밭 아래에 그때 당시 탄약창고로 쓰였던 지하창고의 입구를 발견하게 된다. 이 탄약 창고는 흙과 잔디로 덮혀 있기 때문에 멀리서 보면 마치 그저 작은 잔디 언덕처럼 보이지만 이 안으로 들어가면 놀라울 정도의 크기로 전시장이 형성되어 있다.

이들은 이곳을 땅속에 파묻혀 있는 박물관으로 만들어 놓은 것이다. 그렇다면 이스라엘 사람들은 이 피비린내 나는 전투현장을 어떻게 박물관으로 바꿔 놓았을까? 더군다나 땅속에 있는 박물관이란 과연 어떤 곳일까?

먼저 땅속 박물관 안으로 들어가는 순간 빛 한줄기 들어오지 않는 답답함과 동시에 뭔가 엄숙한 분위기에 압도된다. 사방은 암갈색 바윗돌을 촘촘히 쌓아 올렸고 천정은 나무로 되어 있으면서 조명도 그다지 밝게 해 놓지 않았다. 이것은 분명 그때 당시의 상황을 관람객들이 그대로 느끼게 하려는 의도였을 것이다.

잔디 언덕 밑에 자리 잡은 박물관의 입구

박물관의 내부 모습

낙하부대 마크

안으로 들어가자마자 제일 먼저 눈에 들어오는 것은 바로 전사자가 많이 발생했지만 탄약 창고의 탈환작전에 가장 큰 수훈을 세웠던 낙하부대의 깃발과 부대마크이다.

그 옆에는 예루살렘 탈환당시에 내 걸었던 오래된 이스라엘 국기가 액자와 그 당시의 상황을 촬영한 흑백사진이 액자 속에 전시되고 있다. 그 숫자를 헤아릴 수 없을 만큼의 관련사진들이 벽에 빼곡히 들어차 있어서 6일 전쟁 당시 예루살렘 함락 작전이 얼마나 치열했었는지를 확실히 알 수가 있다. 뿐만 아니라 모형으로 만들어 놓은 예루살렘 올드시티와 그 주변의 모습은 예루살렘 함락작전에서 Ammunition Hill과 스쿠푸스산이 얼마나 중요한 위치였었는지도 쉽게 알 수가 있다.

이 박물관에서 가장 인상 깊었던 장소가 두 군데 였는데 그중에 한군데는 역시 그날 전투에서 전사한 이스라엘 군인들의 신상을 한 사람도 빼놓지 않고 사진과 프로필을 아주 자세하게 적어놓은 곳이었다. 이곳에는 마치 신문 열람대처럼 꾸며졌는데 전사한 이스라엘 군인들 한 사람 한 사람이 어떤 상황에서 전사했는지를 신문지 한 장 크기의 아크릴 판에 인쇄해서 열람할 수 있도록 해 놓았다. 이것은 그만큼 전사한 군인들의 노고와 희생을 관람객들에게 자세하게 소개하고자 하는 노력이다.

그리고 또 한 군데는 전사자 182명의 이름을 불러 주는 방이었다. 회

전사자 한 사람 한 사람에 관한 내용을 기록하여 전시하고 있는 방

색빛 콘크리트 구조물 속에 자리 잡은 이 방안으로 들어서는 순간 어디선가 들려오는 낮고 깊음이 있는 남자 성우가 182명 전사자의 이름을 한 사람 한 사람씩 또박또박 불러주고 있다. 이 역시 이스라엘 정부와 국민들은 나라를 위해 희생당한 군인들을 절대로 잊지 않고 있으며 지금도 불러주고 있다는 것을 알려주는 것이다.

　도대체 저 중후한 중저음의 목소리를 내는 사람은 누구일까? 아마도 이스라엘에서 가장 유명한 성우가 아닐까 생각이 된다. 이 성우는 전사자의 이름을 이렇게 단 한 순간도 쉬지 않고 24시간 들려준다. 벽 한쪽을 가득 메운 동판에는 전사자의 이름이 빼곡히 적혀 있다.

　이름을 불러 준다는 것은 이렇게 상대방에 대한 최대의 예우라는 것을 새삼 느끼게 해 준다. 누군가가 지금도 쉬지 않고 내 이름을 불러주고 있다면 얼마나 고마운 일일까? 182명 전사자의 가족과 친지들은 그래서 이 박물관을 찾는다. 내 아들의 이름이 쉬지 않고 들려 나오는 박물관, 이곳이 바로 Ammunition Hill 박물관이다.

182명 전사자의 이름을 24시간 끊임없이 불러 주는 방

| | |
|---|---|
| 입장료 | 무료 |
| 입장시간 | 일요일~목요일 09:00-18:00 금요일 09:00-13:00 |
| 전화 | 02-582-8442 |
| 주소 | 5 Shragai St. Jerusalem |
| 이메일 | admin@givathatachmoshet.org.il |
| 홈페이지 | www.givathatachmoshet.org.il |

한쪽 벽을 가득 메운 182명 전사자의 이름들

18

골란고원 전투의 현장
## Golani Brigade Museum

　예루살렘을 점령한 이스라엘 군대는 이번에는 방향을 바꿔 역시 요르
단의 영토였던 나불루스와 베들레헴, 그리고 헤브론까지 진격해 들어갔
다. 물론 이곳에서의 전투는 예루살렘만큼 치열하지는 않았고 개전 50시
간 만에 이스라엘 군대가 점령할 수 있었다

　이스라엘의 북쪽에 있던 시리아도 가만있지는 않았다. 시리아의 공격
이 시작되자 이스라엘 군대 역시 시리아를 향해 진격해 나갔다.

　하지만 시리아를 향한 공격 역시 예루살렘의 올드 시티를 공격하는
것과는 또 다른 차원의 장애물이 기다리고 있었다.

　북쪽의 시리아는 골란고원을 차지하고 있었는데 그곳은 해발 1000m

의 고지대라 시리아의 군대는 늘 아래쪽에 있는 이스라엘을 손바닥 보듯 보고 있는 형국이었다. 이제 이스라엘은 그 고지대를 향해 진격해야 하는 어려움이 있었다. 골란고원은 깎아지른 듯한 절벽위에 위치해 있었기 때문에 그곳을 향해 진격해 나가는 것은 맨몸으로 등산하는 것보다 훨씬 더 힘든 일이었다.

그러나 이스라엘 탱크는 그 절벽을 향해 돌진해 나갔다. 이스라엘의 전투기들이 먼저 시리아의 벙커를 공격하면 시리아 군의 반격이 잠시 뜸해진 틈을 이용해 이스라엘의 탱크가 절벽을 향해 포탄을 쏟아 붓고 그렇게 해서 작은 경사로가 생기면 이스라엘 군인들이 탱크의 캐터필러 밑에 자갈을 깔고 조금씩 탱크와 장갑차들이 고원을 향해 올라갔다.

물론 그러는 동안에도 고원 위에선 시리아 군인들의 총알이 빗발치듯 이스라엘 군인들을 향해 소낙비처럼 내리 꽂았다. 총에 맞아 피를 흘리며 쓰러지는 이스라엘 군인들을 옆으로 밀치고 또 다른 군인들이 그 자리에 서서 또다시 캐터필러 밑에 자갈을 깔고…. 이것은 공격이 아니라 총알이 난무하는 전쟁터에서 벌어지는 일종의 토목공사와 다름이 없었다.

천혜의 요새, 절대로 점령할 수 없을 것만 같았던 난공불락의 골란고원, 그러나 이스라엘 군대는 단 하루 만에 골란고원 위로 수많은 탱크와 장갑차들이 올라갈 수 있었고 절벽 아래서 해가 솟아오르듯 솟구쳐 오르는 이스라엘 탱크의 포신에 기겁을 한 시리아 군인들은 모두 도망가기에 바빴다.

그러나 이스라엘 군인들이 이렇게 골란고원을 점령하기 까지는 그 전에 또 다른 피의 전투를 벌여야만 했었다.

그중에 한 곳이 바로 텔 파할Tel Fahr 전투였다.

텔 파할은 갈릴리 호수의 서쪽에 자리 잡은 티베리아 도시로부터 또다시 서쪽으로 약 12km 정도가다 보면 Golani Juntion이 나오는데 바로 이 사거리의 왼쪽에 있는 작은 언덕에 자리 잡고 있다.

6일 전쟁 당시 이 텔 파할 언덕은 시리아의 군사기지가 있었던 요새였다. 이스라엘이 골란고원을 점령하기 위해선 반드시 이 길을 지나야만 했었고 따라서 이 요새를 점령해야만 했었다.

하지만 이곳은 시리아의 다른 군사기지에 비해서 워낙 튼튼하게 요새가 구축되어 있는데다가 100미터 이상의 철조망과 지뢰지대가 주변에 깔려 있어서 제 아무리 전투력이 강한 이스라엘 군인이라고 해도 쉽게 접근할 수 있는 곳은 아니었다.

이 텔 파할 요새를 점령하는 작전을 이스라엘의 골라니 여단이 맡았다. 골라니 여단은 이미 여러 전투에서 혁혁한 전과를 올린 그야말로 무적의 전투부대나 다름없었다.

1967년 6월 9일, 우선 골라니 여단의 제1대대는 장갑차로 텔 파할 요새 가까이 접근할 수 있는 곳까지 밀어붙였다. 그러나 상대적으로 높은 위치에 있었던 시리아 군인들은 낮은 곳에서 진격해 들어오는 이스라엘 군인들을 향해 집중적인 포격을 가했고 골라니 여단의 장갑차는 그 포탄을 그대로 받아들일 수밖에 없었다.

골라니 여단의 장갑차는 포격을 받아 언덕 아래로 굴러 떨어지기 시작했고 장갑차 안에서 겨우 기어 나온 이스라엘 군인들은 또 다시 경사를 향해서 뛰어 올라갔다.

이것은 무모한 돌격이었다. 쉽게 허물어지는 언덕의 흙들은 힘없이 이스라엘 군인들의 군화 발에 무너졌고 이스라엘 군인들은 또 다시 언덕 아래로 굴러 떨어졌다. 그러는 동안에도 시리아 군인들의 집중포격은 끊이지 않았고 이스라엘 군인들은 빗발처럼 쏟아지는 총알을 맞아가며 철조망까지 기어 올라갔다.

그렇게 철조망에 다다른 이스라엘 군인들은 철조망에 자신의 몸을 걸치고는 뒤에서 아오는 동료 군인들이 자신의 몸을 밟고 철조망을 뛰어 넘으라고 소리를 질렀다. 어쩔 수 없이 피투성이가 된 전우의 시체를 발판 삼아 넘어가는 그 모습은 그야말로 한편의 전쟁영화나 다름없었다.

어렵게 철조망을 뛰어 넘은 이스라엘 군인들은 이번에는 시리아군과 일대 육박전이 벌어졌다. 주먹과 단도 그리고 개머리판이 난무하는 대접

전이었다.

이날의 육박전은 3시간 동안이나 이어졌다.

이 전투에서 시리아군은 60명이나 전사를 했고 20명이 생포되었다. 하지만 이스라엘 군인들은 32명만이 전사했다.

이 피비린내 나는 전투 끝에 결국 텔 파할 요새는 시리아군에서 이스라엘 군으로 넘어갔고 이스라엘 군인들은 그곳에 국기를 꽂을 수 있었다.

텔 파할 요새에서 피의 전투를 치뤘던 골라니 여단의 군인

그렇다면 이스라엘은 왜 이토록 골란고원을 자국의 영토로 확보하려고 했었던 것일까?

그것은 바로 물 때문이었다. 워낙 강우량이 적은 중동 땅은 수원지의 확보가 가장 큰 문제였다. 이스라엘 국민이 사용하고 있는 식수와 공업용수의 많은 부분을 북쪽 갈릴리 호수에서 끌어다 쓸 수밖에 없었는데 그 갈릴리 호수의 수원지는 골란고원이었다. 그런데 시리아는 골란고원에서 시작되어 갈릴리 호수로 들어가는 물줄기를

박물관을 찾아와 전시물을 들여다보고 있는
이스라엘 학생들

바꾸는 공사를 시작했던 것이다. 한마디로 골란고원에서 시작된 물을 이스라엘 사람들에게 먹일 수는 없다는 것이었다. 더군다나 툭하면 골란고원의 고지대에서 대포를 발사해 갈릴리 호수 주변에 살고 있는 이스라엘 정착촌을 향해 쏘아 댔던 것이다. 이스라엘로서는 자국민의 안전과 가장 중요한 식수원 확보를 위해서 반드시 골란고원을 빼앗을 수밖에 없는 절체절명의 상황이었다.

안 그래도 국토가 좁아 국경에서 쏘아올린 대포는 언제든지 이스라엘 정착촌과 도시를 쑥대밭으로 만들 수 있는 상황이기 때문에 이스라엘로서는 최대한 국경을 밖으로 밀어내고 국토를 확보해야 했다.

특히 시나이 반도의 드넓은 땅에 이집트가 완벽하게 군대를 배치하게 되면 이스라엘로서는 독안의 든 쥐와 같은 상황이 벌어질 뻔한 것이 아닌가?

그렇다면 이스라엘로서는 시나이 반도를 빼앗는 수밖에 없게 된다. 시나이 반도를 이스라엘의 수중으로 만들어 놓고 이집트 본국에서 시나이반도를 오기 위해 반드시 통과해야만 하는 수에즈 운하까지 이스라엘이 빼앗아 버린다면 이스라엘은 수에즈 운하만 잘 관리하는 것으로 이집트의 공격 의도를 사전에 차단할 수가 있게 된다. 그리고 시나이 반도가 거대한 완충지역이 될 수 있으니 이스라엘로서는 시나이 반도의 확보가 반드시 필요했던 일이다.

그리고 동쪽의 요르단도 마찬가지로 예루살렘의 구시가지를 완벽하게 점령하고 국경을 요르단 강까지 확장해 놓으면 요르단이 이스라엘을 공격해야 할 상황이 일어난다 해도 그들은 어쩔 수 없이 강을 넘어야 하는 거대한 천혜의 방어막이 생기는 셈이 된다.

요새를 점령하기 위해 사용되었던 전차가
지금도 전시되어 있다

한때는 누군가의 머리를 보호해 주고
손에 들려 있었을 총들이다

　북쪽의 시리아도 마찬가지다. 언제까지나 적국이 고지대에서 자리를
잡고 툭하면 아래를 향해 대포를 쏘게 할 수는 없는 노릇이고 일단 골란
고원을 점령하면 그 다음 부터는 시리아의 수도 다마스커스를 향해 서서
히 미끄러지듯이 탱크를 몰고 가면 될 수가 있게 되니 골란고원의 점령은
이제 선택이 아니라 필수가 될 수밖에 없었다.

　그렇다면 소련제 무기를 전진배치하고 준비를 완벽하게 해 놓고 언제
밀고 올라올지 모르는 이집트 군대를 가만히 기다리고 있을 수만은 없는
노릇이라고 이스라엘은 판단했던 것이다. 가만히 앉아서 기다리다 공격
을 해오면 방어를 하는 수세적인 작전, 이것은 이스라엘에게는 절대로 있
을 수 없는 일이었기에 이스라엘은 국제사회에서 쏟아질지 모르는 비난

과 원성을 감수하고서라도 과감히 공격을 시작했던 것이다.

그러나 아무리 그래도 그렇지 한 나라가, 더구나 생긴지 20여 년밖에 안 된 신생국가가 동시에 세 나라를 향해서…. 그리고 더욱 전쟁이 확산되어 전체 아랍권 국가와 상대해서 싸우는 엄청난 규모의 전쟁이 될지도 모르는 도박에 뛰어든 자신감과 용기는 어디서 나온 것일까?

지금 물러서면 2천 년 만에 되찾은 국가를 영원히 세계역사에서 사라지게 될지도 모른다는 절박한 생각, 문제가 될 만한 소지는 처음부터 아예 뿌리를 뽑아 버리자는 생각, 그리고 자신들의 그런 절박한 상황은 국제사회가 대신 해결해 줄 수 없다는 생각, 그것을 위해서라면 이제 얼마든지 목숨까지도 바칠 수 있다는 애국심,

결국 그런 점들이 이스라엘로 하여금 엄청난 도박을 시도할 수 있게 했던 것이고 그것이 선제공격으로 나타났던 것이다.

그리고 그 도박은 보기 좋게 성공을 하지 않았던가?

6월 5일 시작된 전쟁은 결국 10일 저녁, 그러니까 개전 후 6일 만에 모든 것이 끝났다

현대사에서 두 번 다시는 일어날 것 같지 않은 이 기적 같은 전쟁으로 이스라엘은 본토 면적의 6배에 달하는 4만 7천 평방마일의 새로운 영토를 획득했을 뿐만 아니라 시나이 반도, 골란고원, 예루살렘 올드 시티를 비롯한 웨스트 뱅크에 정착민 촌을 만들었다.

그러나 무엇보다도 이스라엘에게 있어서 가장 중요한 획득은 민족의 성지, 예루살렘을 다시 되찾았다는 것이다. 2천 년 전 로마에 의해서 철저하게 유린되었던 땅, 예루살렘을….

지금도 이곳 텔 파할 박물관에 가면 6일 전쟁 당시 피비린내 나던 전

투의 그 숨 막힌 상황이 현장의 모습 그대로 재연되어 있다.

시리아군이 파 놓았던 진지도 그대로 보존되어 있고 또 요새를 향해 진격하던 각종 전차와 탱크들도 그때 그 모습 그대로 야외에 전시되어 있다. 특히 박물관 건물 안으로 들어가게 되면 6일 전쟁 당지 텔 파할의 시리아군 배치 상황과 이스라엘의 골라니 여단이 진격해 들어가는 모습을 미니어처 인형으로 자세하게 설명을 해 놓아서 그 당시의 전투 상황을 한 눈에 볼 수 있도록 꾸며 놓았다.

야외의 넓은 잔디밭에는 텔 파할 전투에서 전사한 이스라엘 골라니 여단의 군인들의 이름이 하나도 빠지지 않고 빼곡히 적혀있는 커다란 담장을 볼 수 있다.

텔 파할 전투에서 전사한
골라니 여단 병사들의 이름이 적혀있는 벽

| | | |
|---|---|---|
| **입장요금** | 어른 12nis \| 어린이 10nis | |
| **입장시간** | 일요일-목요일 09:00-16:00 \| 금요일 09:00-13:00 | |
| **주소** | Golani Junction | |

19

유대인들의 2천 년 꿈이 담긴 성전 연구소
# The Temple Institute

AD70년 로마에 의해 예루살렘이 무너진 이후 이스라엘 백성들은 나라를 잃고 전 세계로 뿔뿔이 흩어져 살아야 하는 디아스포라 생활을 하게 된다. 그들이 남의 나라에 얹혀살면서 오랜만에 친구를 만나거나 친척을 만나게 되면 서로 악수를 하면서 주고받았던 인사말이 바로 '내년 유월절은 예루살렘에서 만나자'였다.

예루살렘으로 돌아가고자 하는 그들의 이런 열망은 단지 열망으로 그치지 않고 정말 기적처럼 1천 9백 년만인 1948년 5월 14일 이스라엘을 재건했고 그들은 꿈에도 그리던 이스라엘 땅을 다시 밟게 되었다.

그들은 과연 왜 이토록 옛 조상들의 땅이었던 이스라엘로 돌아오고 싶어 했던 것일까? 그 이유는 단 한 가지 AD70년에 로마에 의해 허물어졌던 예루살렘 성전을 다시 복원하고 싶었기 때문이었다.

유대교는 제사의 종교이다. 하나님께 제사를 드릴 때 하나님과 인간이 서로 소통한다고 그들은 믿고 있으며 제사는 오로지 지구상에서 단 한군데, 성전에서만 드릴 수 있는 것이라고 믿고 있다. 그런데 그 성전이 무너졌으니 그때부터 지금까지 유대인들은 하나님께 제사를 드릴 수 없게 되었고 그 아픔과 안타까움 때문에 검은색 옷을 입고 다니는 것이다.

그래서 유대인들은 1천 9백 년 동안 전 세계를 떠돌아다니며 살아갈 때에도 오직 예루살렘에 다시 성전을 세우고 싶은 욕망으로 가득 차 있었다. 그런 그들이 드디어 1948년에 이스라엘로 돌아왔다.

솔로몬이 아버지 다윗으로 부터 물려받은 설계도로 완성한 성전이 제1 성전이라 하고 바벨론에서 돌아온 유대인들이 스룹바벨을 중심으로 다시세운 성전이 제2 성전이라면 그 성전이 무너진 이후 1천 9백 년 만에 유대인들에 의해서 다시 세워지게 될 성전을 제3 성전이라고 부른다.

그렇다면 그들은 이제 본격적인 예루살렘의 제3 성전을 재건하기 위해 어떤 노력을 하고 있는 것일까? 이스라엘이 건국한 뒤로 벌써 60여 년의 세월이 흘렀는데 그들은 정말 예루살렘 성전을 재건하기 위해 준비를 하고 있는 것일까?

그들은 놀랍게도 그동안 성전 재건을 위한 준비를 거의 완벽에 가까울 정도로 갖춰 놓았다. 우선 성전 건축을 위한 설계도도 완성해 놓았다. 이 설계도에는 성전의 규모와 크기뿐만 아니라 성전으로 들어가는 계단의 석재 종류와 문양 그리고 넓이와 폭 높이까지도 아주 상세하게 정리해 놓았을 뿐만 아니라 성전내부에서 사용하게 될 휘장의 천 종류와 색깔 그리고 무늬까지도 빼놓지 않고 기록하고 있다.

그것뿐만이 아니다. 성전이 완성되면 그 안에서 제사를 드릴 때 사용하게 될 성전 기물까지도 완벽하게 만들어 놓았다. 물두멍에서 부터 제단 그리고 제사를 드릴 때 사용하게 될 각종 악기와 심지어는 제사장의 의복까지도 완벽하게 만들어 놓았다.

성전 안에 설치하게 될 일곱 촛대는 만들 때 특별한 방식으로 만들어야 하는데 촛대를 여러 부분으로 나누어 만든 다음 조립해 나가는 것이 아니라 하나의 거대한 금덩어리를 망치로 두들겨서 늘어뜨리는 제작방식으로 일곱 촛대를 만들어야 한다. 이것은 성경에 근거한 제작방식이다. 출애굽기 25장 31절에 보면 '너는 순금으로 등잔대를 쳐 만들되 그 밑판과 줄기와 잔과 꽃받침과 꽃을 한 덩이로 연결하고'라고 적혀 있다.

그러나 이런 방식으로 일곱 촛대를 만드는 일은 결코 쉬운 일이 아니다. 도대체 그 옛날 사람들은 어떻게 이런 방식으로 촛대를 만들 수 있었을까? 그 방식 그대로 현대인들이 촛대를 만들려고 시도를 했지만 번번

이 실패를 하고 말았다. 하지만 성전을 재건하기 위한 유대인들의 노력은 마침내 구약시대의 등잔대 제작방식으로 황금 일곱 촛대를 만드는데 성공을 했고 예루살렘 통곡의 벽 앞에 두꺼운 방탄유리로 둘러싼 채 전시해 놓고 있다.

한 덩어리의 금을 망치로 두들겨서 만든 일곱 촛대 메노라가
방탄유리 속에 전시되고 있다

예루살렘 올드 시티의 유대인 구역에 있는 성전 연구소는 성전이 완성된 이후에 제사를 드릴 때 사용하게 될 성전 기물들을 전시해 놓고 있는 곳이다. 후미진 골목길에 위치하고 있기 때문에 작정하고 찾아가지 않으면 찾기 쉽지 않다.

이 박물관에 들어가면 제일 먼저 작은 규모의 서점이 관람객들을 맞이한다. 이 서점에는 제3 성전과 관련한 많은 책들과 기념품들이 판매되고 있는데 이 서점 안쪽에 박물관이 1층과 지하에 걸쳐서 자리 잡고 있다. 박물관의 내부는 그다지 넓지 않다. 열 사람 정도 들어가면 꽉 찰 정도로 좁지만 이곳에는 유대인들이 제3 성전을 위해 준비해 놓은 여러 가지 성전기물들이 유리 장식장 안에서 사용되어질 그날만을 기다리고 있다.

먼저 1층에 가면 사람 키만 한 마네킹이 세워져 있는데 그 마네킹이 입고 있는 옷이 바로 대제사장이 입게 될 제복이며 그의 앞가슴에는 12개의 보석으로 된 흉패(에봇)가 걸쳐져 있다. 이 옷을 나중에 대제사장이 입고 제사를 지내게 될 것이라고 한다. 하얀색의 긴팔 아바웃에 팔 없는 푸른색 겉옷이 걸쳐져 있고 그 위에는 색깔로 영롱한 12개의 보석이 가지런히 자리 잡은 에봇이 할로겐 조명에 빛을 발하고 있다. 흉패에 관한 성경 기록은 출애굽기 28장 15절부터 28절까지 아주 자세하게 그 제작방식이 기록되어 있다.

'너는 판결 흉패를 에봇 짜는 방법으로 금실과 청색, 자색, 홍색 실과 가늘게 꼰 베 실로 정교하게 짜서 만들되 길이와 너비가 한 뼘씩 두 겹으로 네모반듯하게 하고 그곳에 네 줄로 보석을 물리되 첫줄은 홍보석 황옥 녹주옥이요 둘째 줄은 석류석 남보석 홍마노요 셋째 줄은 호박 백마노 자수정이요 넷째 줄은 녹보석, 호마노 벽옥으로 다 금테를 물릴지니 이 보

석들은 이스라엘 아들들의 이름대로 열둘이라 보석마다 열두 지파의 한
이름씩 도장을 새기는 법으로 새기고 순금으로 노끈처럼 땋은 사슬을 흉
패위에 붙이고….'

12개의 보석으로 된 에봇을 걸치고 있는 마네킹,
이 제사장복은 실제 성전 제사 때 사용될 예정이다

대제사장의 의상 바로 밑에는 역시 대제사장이 머리에 쓰게 될 왕관
도 전시되어 있다. 왕관은 순도 99% 순금으로 제작된 것인데 일반적으로
머리 위에 올려 쓰는 왕관과는 다르게 생겼다. 왕관의 앞부분만이 만들어
져 있는데 이것은 대제사장이 머리 위에 올려 쓰는 것이 아니라 앞이마에
갖다 붙이고 왕관의 양쪽 끝에 있는 고리로 귀에 걸게 되어 있다. 왕관의
앞면에는 히브리어로 '거룩하신 하나님'이라고 적혀 있다.

우여곡절 끝에 다시 만들게 된 십현금

에봇 제사장 의복 양옆에는 향로가 있고 왼쪽에는 메노라에 기름을 부을 때 사용하는 오일 주전자가 전시되어 있으며 맞은편에는 역시 제사 때 사용하게 될 십현금[Lyre]과 하프[Harp]가 제작되어 전시되고 있다. 십현금은 제2 성전 시대에 사용되던 동전에 그려진 모양을 보고 그대로 재현해 놓은 것이다. 하프의 줄은 모두 22개로 되어 있는데 이것은 히브리어의 알파벳이 모두 22개인 것과 일치한다.

이렇듯 유대인들은 제3 성전을 복원하기 위해 치밀하다 못해 완벽할 정도로 준비를 해 놓고 있으며 그곳에서 사용될 성전기물 또한 성경의 말씀에 따라 그리고 각종 기록과 연구에 의해서 2천 년 전에 사용하던 그 모습 그대로 만들어 놓았다.

또 다른 전시장으로 옮겨가면 그곳에는 유대인들이 새롭게 짓게 될 제3 성전의 모형을 정교하게 만들어 놓았다. 예수님 당시의 제2차 성전의 모습과 비슷하지만 그때보다 훨씬 더 화려하고 웅장하다는 것을 알 수가 있다. 비록 유리 상자 속에 보관되어 있긴 하지만 유대인들은 장차 언제가 될지는 모르지만 예루살렘의 모리아산에 우뚝 서게 될 장면을 모형 성전과 현재의 모리아산을 디졸브해서 머릿속으로 그리면서 그날을 기다리고 있다.

이렇듯 제 3성전 건축을 완벽하리만치 준비를 갖춰 놓았는데 그들은 왜 이스라엘로 돌아온 지가 60여 년이 지났음에도 불구하고 건축을 시작하지 못하는 것일까? 그것은 바로 제3 성전 건축의 위치 때문이다. 유대인들이 생각하고 있는 제3 성전의 위치는 지구상에 단 한 군데뿐이다. 그 옛날 솔로몬이 세웠고 스룹바벨이 세웠던 성전의 자리에 제3 성전을 건축해야 하는데 현재 그곳은 안타깝게도 이슬람 종교의 성지가 되어 버린 황금사원이 자리 잡고 있기 때문이다. 제3 성전을 건축하기 위해선 먼저 황금사원을 없애야 하는데 그것을 전 세계의 이슬람교도들이 가만히 보고 있을 리 없기 때문이다. 만약에 유대인들이 제3 성전을 건축하기 위해서 황금사원에 손끝을 대기라도 한다면 그때는 인류가 감당할 수 없을 만큼의 대규모 전쟁이 일어나게 될 것이다. 이것이 바로 현재의 유대인들이 제3 성전 건축 계획에 가장 큰 걸림돌이며 어떤 방법으로든 해결될 수 없는 딜레마이다.

그럼에도 불구하고 유대인들은 지금도 계속해서 제3 성전이 세워지기를 바라고 있으며 그날이 오도록 통곡의 벽에서 머리를 흔들며 눈물로 기도하고 있는 것이다. 유대인들의 1천 9백 년간이나 꿈꿔오던 제3 성전의 청사진이 한자리에 모여 있는 곳 그곳이 바로 성전연구소 이다.

언젠가 반드시 완성하겠다며
만들어 놓은 제3 성전의 모형

| | |
|---|---|
| 입장요금 | 어른 25nis |
| 입장시간 | 일요일~목요일 09:00-17:00 \| 금요일 09:00-12:00 |
| | 토요일 휴무 |
| 전화 | 02-626-4545 |
| 주소 | 19 Misgav Ladach st. Jewish Quarter |
| 이메일 | beepmh@gmail.com |
| 홈페이지 | www.templeinstitute.org |

20

# The Israel Museum

세상에서 가장 오래된 성경이 있는 이스라엘 박물관

1947년 5월의 어느 날 이스라엘이 아직 독립하기 전, 팔레스타인의 남쪽 네게브 사막 사해 근처에선 베두인 목동 무함마드는 양떼를 돌보다 집으로 돌아가기 위해 양의 숫자를 헤아리다가 한 마리가 부족하다는 사실을 알게 되었다.

이 목동은 잃어버린 한 마리의 양을 찾기 위해 쿰란 지역의 계곡을 살피다가 절벽 윗부분에 작은 동굴이 있다는 것을 발견하게 되었고 혹시나 그 동굴 속에 잃어버린 양이 들어가 있을지도 모른다는 생각을 하게 되었다. 동굴의 입구는 좁지는 않았지만 어두컴컴한 동굴 속으로 들어가기가 겁이 났던 목동은 돌멩이로 힘껏 동굴 안으로 던졌다.

베두인 목동 무함마드가 잃어버린 양을 찾기 위해
들어갔던 동굴

   그러자 어두컴컴한 동굴 속에서 와장창 하면서 뭔가 깨지는 소리가
들렸고 기대했던 양은 나오지를 않았다. 뭔가를 깨뜨렸다는 사실에 겁이
난 무함마드는 일단 집으로 돌아와 친구인 아메드를 데리고 다시 그 동굴
로 찾아가 조심스럽게 엉금엉금 기어서 들어갔다. 동굴 안으로 들어가자
넓은 공간이 나왔다. 높이는 족히 3m는 되었고 길이는 8.5m에 폭은 3m
였다.

   그리고 자기가 와장창 깨뜨린 것은 바로 질항아리였다는 것을 알게
되었고 깨진 항아리 속에서 뭔가 글이 잔뜩 쓰인 양피지 뭉치가 함께 들
어 있는 것도 발견했다. 양피지는 너비 44cm에 길이가 1m짜리도 있었고

긴 것은 8m나 되는 것도 있었다.

도대체 이 양피지로 된 두루마리는 과연 무엇일까? 글을 읽지 못하는 무함마드와 아메드는 각각 나눠서 무함마드가 5개 아메드가 3개의 두루마리를 들고 집으로 돌아왔다. 이 두루마리의 정체가 무엇인지는 모르지만 일단 아주 오래된 골동품임은 분명할 거라고 생각한 무함마드는 5개의 두루마리를 들고 베들레헴의 골동품상인 칸도<sup>Khalil Iskander Shahin</sup>에게 아주 헐값에 팔아 버렸다. 아메드 역시 자신이 들고 나온 3개의 두루마리를 다른 골동품상에게 팔아 버렸다.

양피지 두루마리를 펼쳐 본 골동품상 칸도 역시 글씨가 무슨 내용인지 파악할 수는 없었지만 아주 오래된 것이라는 것만은 확신했다. 결국이 골동품상은 양피지에 적힌 글을 읽을 만한 사람을 수소문해서 찾아갔

콤란동굴에서 사해사본을 발견한
무함마드(오른쪽)

는데 그 양피지 두루마리를 읽게 된 마르코 수도원의 사무엘<sup>Athanasius Yeshua Samuel</sup> 수도사는 그 순간 입을 다물지 못했다. 그동안 지구상에서 가장 오래된 성경사본은 시나이 반도에 있는 성카트리나St. Catherine 수도원에 보관되어 있는 것인 줄 알았는데 이 사본은 그것보다도 훨씬 더 오래 되었으며 고고학적으로 충분히 소중한 물건이라는 사실을 알게 된 것이다.

이 양피지 두루마리에 적힌 깨알 같은 글들이 모두 누군가가 적어놓은 구약성경의 필사본이었기 때문이었다. 이 같은 사

쿰란 동굴에서 발견된 사해 사본

실을 알게 된 골동품상 칸도는 쿰란 동굴에서 함께 발견된 나머지 성경사
본도 찾아내고자 했지만 이미 사라진 뒤였다.

쿰란 동굴에서 발견된 성경사본 중 5개 두루마리를 얻게 된 사무엘
주교는 1948년 2월 이 양피지 두루마리들을 고대 근동 미국 연구원인 고
고학자 트레버<sup>John C. Trever</sup> 박사에게 보여주게 되는데 이 사본들을 본 트레버
박사는 또 다시 놀라지 않을 수 없었다.

트레버 박사가 확인한 바에 의하면 이 성경사본이야 말로 기원전 1-2

세기에 쓰인 이사야서의 1장부터 66장까지 모두 빠짐없이 적힌 사본이라는 것을 알게 되었다. 이것은 지금까지 인류에게 알려진 히브리어 성경 사본 보다 약 1천 년이나 앞서 기록되었다는 것도 알게 되었다.

한편 1947년 11월 28일, 예루살렘의 고고학자인 슈케닉 박사는 베들레헴에 양피지 두루마리로 된 3개의 성경사본이 어느 골동품상에게 있다는 소식을 듣고 그날로 베들레헴으로 찾아가기 위해 짐을 꾸리고 있었다.

그러나 그날은 UN에 의해서 이스라엘과 팔레스타인 지역을 분할하는 정책에 대해 투표를 실시하는 날이었다. 만약에 그날의 투표에 의해서 이스라엘과 팔레스타인이 분리되게 되면 분명히 팔레스타인 사람들에 의한 강력한 시위가 일어나게 될 것이며 유대인인 슈케닉 박사가 팔레스타인 지역인 베들레헴에 들어왔다는 사실을 팔레스타인 사람들이 알게 되면 그 누구도 안전을 보장받을 수 없게 될지도 모르는 상황이었다.

안전을 보장받지 못하더라도 베들레헴에 가서 두루마리 성경사본을 구해 올 것인가? 아니면 안전을 생각해서 베들레헴으로 가는 것을 포기할 것인가? 그렇게 된다면 어쩌면 영원히 성경사본은 어디론가 사라져 버리게 될지도 모르는 상황, 그러나 기적이 일어난 것일까? 다행스럽게 UN에 의한 투표는 잠시 연기가 되었다는 발표를 라디오를 통해서 듣게 된 슈케닉 박사는 다음날 아침 곧바로 베들레헴으로 들어가 골동품상을 만나고 결국 3개의 두루마리를 손에 쥐게 되었다.

그렇게 두루마리를 가슴에 끌어안고 베들레헴을 빠져나오는 순간, 투표하기로 결정했다는 UN의 발표가 덜컹거리는 아랍버스의 라디오에서 흘러 나왔다.

집으로 두루마리를 들고 온 슈케닉 박사는 책상에 올려놓고 자세히 들여다보았다. 역시나 기대했던 것처럼 이 두루마리는 단순한 두루마리가 아니라 2천 년이나 된 것이라는 사실을 알게 되었다.

슈케닉 박사와 사무엘 수도사가 보관하고 있던 8개의 성경사본이 드디어 만나게 되었다. 그날은 2천 년 동안이나 어두운 동굴 속에서 누군가의 손길을 기다리며 잠을 자고 있던 사해사본이 인류 역사상 가장 오래된 성경사본으로 인류의 보물이 탄생하는 날이었으며 그 과정은 한편의 영화와도 같았다.

그렇다면 이 이사야서는 누가 기록한 것들일까? 그리고 이 성경사본이 발견된 쿰란 동굴 주변에선 누가 살았으며 그들은 왜 이 성경사본을 동굴 속에 감춰둔 것이었을까?

그 당시 쿰란 동굴 주변에선 바리새파나 사두개파와는 다른 에세네^Essenes파라는 사람들이 약 2백여 명이 함께 살고 있었다. 그들은 예루살렘과 같은 도시를 떠나 사막의 한 가운데에 마을을 만들고 재산을 공유했으며 성전에서의 제사에는 참여하지 않았지만 모세의 율법과 안식일, 정결의식을 철저하게 지키면서 금욕적인 생활을 해 온 것으로 알려졌다. 이들은 하루 종일 모세오경을 읽으며 기도하는 생활을 했고 함께 식사를 하는 등의 공동체 생활을 했다.

이 쿰란 동굴에서 발견된 두루마리 성경사본 이들이 직접 작성한 것으로 여겨지는데 그들이 왜 이 사본을 동굴 속에 감춰 두었는지에 대한 의견은 여러 가지로 분분하다. 우선 AD1세기경 로마 군인들에 의해 침략을 받게 되자 성경사본들을 근처의 동굴 속에 숨기고 어디론가 사라져 버렸다는 주장이 있다.

또 다른 주장은 33BC년경 이곳에 일어났던 지진으로 인해 사람들이

247

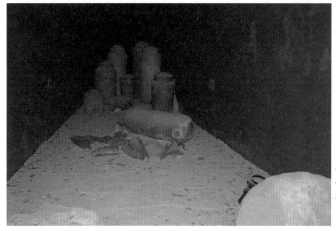

세상에서 가장 오래된
성경사본이 들어 있었던
질항아리들

삶의 터전을 버리고 떠나게 되었는데 그때 이곳에 살던 에세네 파 사람들은 많은 살림을 그대로 두고 급하게 자리를 피하면서 성경 사본을 항아리에 담아 동굴 속에 숨겨 놓고 떠나갔다는 것이다.

그런가 하면 쿰란동굴은 그 당시 에세네파들의 게니자<sup>geniza</sup>였다는 주장도 있다. 게니자란 성경사본을 오랫동안 사용해 더 이상 쓸 수 없게 될때 불에 태우거나 내다 버리는 것이 아니라 항아리에 담아 보관하는 일종의 성물 보관창고 같은 곳을 말하는데 쿰란지역의 날씨는 일 년 내내 비가 내리지 않고 건조한데다가 동굴 속은 바람마저 없어 풍화작용을 겪지않아 오랜 세월동안 양피지 두루마리가 보존될 수 있었다는 것이다.

이때 발견된 두루마리 성경사본을 사해사본 또는 쿰란사본이라고 하는데 이 사본을 눈으로 직접 확인할 수 있는 곳이 바로 1965년에 문을 연이스라엘 박물관이다.

이스라엘 박물관은 이스라엘의 대표박물관에 걸맞게 위치도 예루살렘 시내 한 가운데인 국회의사당<sup>Knesset</sup> 바로 앞에 있으며 시설 또한 현대식으로 잘 갖추어져 있다.

우선 이스라엘 박물관의 입구를 통해 안으로 들어가면 오른쪽으로 하얀색의 타일로 된 특이한 모양의 건물을 발견하게 되는데 바로 이곳의 이름은 책의 전당 Shrine of Book이며 이곳에 사해사본이 전시되고 있다.

이 건물의 모양은 쿰란동굴에서 발견된 질항아리의 뚜껑을 형상화했다고 한다. 그리고 책의 전당 건물 바로 뒤에는 검은색 화강암으로 된 커다란 벽이 하나 세워져 있는데 하얀색의 책의 전당 건물과 검은색의 화강암 벽은 대조를 이루고 배치된 것이다.

이 두 개의 건물이 서로 마주 보며 세워져 있는 이유는 쿰란 동굴에서 발견된 사본 중에 빛과 어둠의 아들들이 벌이는 전쟁이라는 책의 내용을 상징적으로 나타낸 것이라고 한다.

그러니까 하얀색의 책의 전당 건물은 빛의 아들, 그리고 검은색의 화

하얀색의 타일로 만든 책의 전당

강암 벽은 어둠의 아들을 표현했다는 얘기다.

하얀색으로 된 책의 전당 안으로 들어가면 조명이 어두워 전시장 내부는 어두컴컴하지만 아무런 소리도 들리지 않는 고요함 속에서 전시장의 한가운데에 빙 둘러 사해사본이 전시되어 있다. 2천 년 동안 쿰란의 동굴 속에서 잠을 자다가 마침내 발견된 세상에서 가장 오래된 성경이 눈앞에 들어온다. 물론 이 안에서는 절대로 사진 촬영이 금지되어 있으며 곳곳에선 보안요원이 감시의 눈길을 늦추지 않고 있어 이곳이 얼마나 중요한 곳인지를 실감하게 한다.

원형으로 된 전시대 위에는 커다란 기둥이 세워져 있는데 이것은 두루마리 사본의 손잡이를 형상화 했다고 한다.

중앙 전시실에서 뒤쪽으로 이어지는 작은 통로에는 사해사본이 들어있던 깨진 질항아리들이 마치 모자이크 조각 맞추듯 조합되어 전시되어있고 하박국서의 주석본과 쿰란 공동체의 규율집 등이 전시되어 있다.

이스라엘 박물관이 많은 관람객들의 사랑을 받는 또 하나의 이유는 사해사본 전시장 바로 옆에 445에이커(약54만 평)의 제2 성전 시대의 예루살렘 성을 1/50로 축소해서 완벽하게 재연해 놓았기 때문이다.

예루살렘에 있는 홀리랜드호텔의 경영주의 부탁으로 히브리 대학의 고고학 교수였던 마이클 아비 요나<sup>Michael Avi-Yonah</sup>가 고증을 거쳐 설계하고 만든 제2 성전 시대의 예루살렘 모습은 비록 1/50로 축소했다고는 하지만 그 크기가 엄청나다. 처음에는 홀리랜드호텔의 뒷마당에 만들어 전시하다가 2006년 이곳 이스라엘 박물관으로 옮겨와 지금까지 전시를 하고 있는데 헤롯이 증축했다는 성전을 중심으로 빙 둘러서 성벽을 만들어 놓았으며 그 성벽 안에는 안토니오 요새와 실로암 연못 그리고 다윗왕의 무덤

등 중요한 건물들의 모습을 아주 섬세하고 자세하게 만들어 놓아 보는 내
내 감탄이 나오지 않을 수 없다.

　뿐만 아니라 그 당시 성안에서 살던 사람들의 가옥구조를 자세하게
볼 수 있으며 성주변의 키드론 골짜기와 힌놈 골짜기 등 지형지물들을 자
세하게 볼 수가 있다.

　이 예루살렘 성의 모형은 야외에 전시해 놓았기 때문에 주변을 걸어
다니며 이모저모 살펴볼 수가 있고 또 전시장 주위 여러 곳에 전시되고
있는 건물의 이름을 적어놓은 안내판이 설치되어 있어서 제대로 관람하
기 위해선 한 시간 이상 소요된다.

유대인들의 생활용품을 전시해 놓은 공간

수리남의 시나고그 내부 모습　　　유대인의 명절에 사용하던 물건들을 전시해 놓은 공간

　이스라엘 박물관이 이스라엘의 최고 박물관으로 꼽을 수 있는 이유는
이것만이 아니다. 50만 점 이상의 유물이 전시되고 있는 전시관이 있는데
2007년부터 약 4년에 걸쳐 8천만 달러의 돈을 들여 개조해 놓았고 전 세
계에서 이스라엘을 찾는 수많은 관광객들이 꼭 한 번 들르는 곳이다.

이곳에는 이스라엘의 곳곳에서 발굴된 고고학적인 유물에서부터 그동안 유대인들이 사용하던 각종 생활소품과 종교적 행사에 사용하던 물품들 그리고 세계 각국에 있던 시나고그(유대인 회당)를 그대로 옮겨와 실물 그대로 전시하고 있으며 또 현대미술 회화작품까지도 전시하고 있어 한마디로 종합적인 박물관이라고 할 수가 있다.

박물관은 크게 미술작품 전시장<sup>Fine Arts Wing</sup>, 유대인 미술과 생활 전시장<sup>Jewish Art and Life Wing</sup>, 고고학 유물 전시장<sup>Archaeology Wing</sup>, 기획 전시장<sup>Temporary Exhibitions</sup>, 시청각 전시실<sup>Auditorium</sup> 등으로 구분되어 있다.

먼저 미술작품 전시장에선 유럽 미술품, 인상파 회화 작품, 현대미술 작품, 아시아 미술 작품, 오세아닉 미술 작품, 아프리카와 미국의 미술작품 그리고 이스라엘 작가의 작품 전시실로 나뉘어져 있는데 유럽 미술품에는 15세기에서부터 18세기 유럽에서 사용하던 각종 생활용품들 중에 예술성이 돋보이는 소품들이 전시되어 있다.

인상파 회화 작품실에는 각종 그림들이 전시되어 있고 현대 미술 작품 전시실에는 파블로 피카소, 샤갈의 작품에서부터 여러 가지 조각품들이 전시되어 있어서 미술에 관심이 있는 사람들은 꼭 한번 들러 볼만하다

유대인의 미술과 생활 전시장에는 유대인들의 의복과 각종 장신구들이 전시되고 있는 Costume and Jewelry : A Matter of Identity, 유대인들의 종교적 명절 때 사용하는 도구들로 하누카와 드래거, 에스더 말씀이 기록된 두루마리들이 전시되어 있는 Feast and Miracles, 수리남과 인도, 독일, 이탈리아에서 유대인들이 사용하던 시나고그의 실내를 그대로 옮겨와 전시하고 있으며 유대인들이 안식일에 사용하던 각종 토라와 소파들이 전시되어 있는 Holidays and Day of Remembrance, 종교적 명절에 먹

는 음식을 만들던 조리도구와 각종 토라 상자들이 전시되어 있는 Sabbath and Pilgrimage Festivals, 유대인이 아이를 낳고 할례식을 하며 성인식과 결혼식, 장례식에 사용하던 물건들이 전시되어 있는 The Rhythm of Life : Birth, Marriage, Death, 그리고 유월절에 읽던 성경책, 오순절에 읽던 성경책, 14세기에 읽던 미슈나 등이 전시되어 있는 Illuminating the Script: Hebrew Manuscripts의 전시실로 구성이 되어 있다.

고고학 유물 전시장은 문명의 새벽The Dawn of Civilization, 파라오의 이집트 Egypt of the Pharaohs, 가나안 땅The Land of Canaan, 그리스 시대The Greek World, 무슬림과 십자군Muslims and Crusaders, 이스라엘과 성경Israel and the Bible, 그리스, 로마 그리고 유대인들Greeks,Romans and Jews 등의 섹션으로 나뉘어져 전시되고 있는데 이곳에는 과거 1백 50만 년 전에 가나안 땅에서 출토된 각종 석기, 토기들에서부터 그리스 시대와 로마 시대 그리고 십자군 시대와 이슬람 시대 등 각 연대별로 발굴된 고고학 유물들이 일목요연하게 전시되어 있다.

이렇듯 이스라엘 박물관은 명실공히 이스라엘 최고의 박물관답게 전시물의 양이나 규모 그리고 전시방법에 이르기까지 세계에서 손꼽히는 유명 박물관으로서의 권위를 자랑하고 있다. 아마도 이 박물관을 모두 둘러보는 데에는 하루 종일 걸려도 부족할 듯싶다.

이 모든 전시물들을 입구에서 받은 안내지에 따라서 개인적으로 관람할 수도 있지만 매일 정해진 시간에 박물관 직원 가이드가 히브리어와 영어로 자세하게 설명을 해 주는 투어가 마련되어 있다. 가이드 시간은 박물관의 홈페이지에 소개되어 있다.

이 박물관에서는 아이들이 미술 교육을 받는 장소가 따로 마련되어 있어서 그곳에서는 늘 이스라엘의 어린학생들이 손에 물감을 묻히고 진

254

흙을 주무르며 미술 공부를 하고 있는 모습을 볼 수가 있다.

박물관 건물과 사해사본이 전시된 책의 전당 사이 야트막한 언덕위에는 Billy Rose Art Garden이라는 야외 조각 작품 전시장도 있다.

빌리 로즈 아트 가든    빌리 로즈 아트 가든 야외 전시장에는 60여 개의 조각품들이 전시되고 있다

미국계 일본 작가인 이사무 노구치[Isamu Noguchi] 라는 사람에 의해서 설계된 야외 전시장에는 파블로 피카소[Pablo Picasso], 헨리 무어[Henry Moore]와 같은 세계적인 미술가의 조각 작품뿐만 아니라 이스라엘 작가로 가장 유명한 메나쉬 카디슈만[Menashe Kadishman], 에즈라 오리온[Ezra Orion]의 작품 등 약 60여 개의 조각품들이 전시되어 있다.

산들바람이 부는 야트막한 언덕위에서 사진 속에서만 봐 왔던 세계적인 유명 미술가들의 작품을 눈으로 직접 보며 감상한다는 것은 영원히 잊지 못할 시간이 될 것이다.

지구에서 가장 오래된 성경사본인 사해사본을 직접 감상하고 예수님 당시의 예루살렘 성의 모습도 감상하고 1백 50만 년 전의 유물과 현대 미술 작품에 이르기까지 총체적이고 다양한 전시물을 보고 나면 절대로 입장료와 시간이 아깝지 않은 귀중한 순간이었다는 것을 깨닫게 될 것이다.

| 입장요금 | 성인 48nis 학생 36nis |
| --- | --- |
| | 어린이(5-17세) 24nis ┊ 3개월 이내 반복방문자 24nis |
| 박물관 개장시간 | 일요일, 월요일, 수요일, 목요일, 토요일 10:00-17:00 |
| | 화요일 16:00-21:00 ┊ 금요일 10:00-14:00 |
| 도서관 입장시간 | 월요일, 수요일, 목요일 10:00-16:00 화요일 16:00-20:00 |
| | 일요일, 금요일, 토요일 휴무 |
| 전화 | 02-670-8811 |
| 주소 | POB 71117 Jerusalem, 91710, Israel |
| 이메일 | info@imj.org.il |
| 홈페이지 | www.imj.org.il |

박물관 전경

부록
# 이스라엘 박물관 227 리스트

예루살렘 지역

# 1 Ammunition Hill Museum

일명 탄약 언덕이라고 불리는 이곳은 6일 전쟁 때 이스라엘 군인들이 예루살렘을 탈환하기 위해 치열한 전투를 벌이던 현장을 박물관으로 단장해 놓은 곳이다. 매년 건국 기념일에 이곳에서 추모 행사가 열리고 있으며 그때 당시 전투 상황을 재연해 놓은 전시관이 있다.

입장시간 　일요일~금요일 09:00-17:00

주소　　　Zalman Shanghai st. 5, Jerusalem

전화　　　02-582-9393

# 2 Anna Ticho House Museum

예루살렘의 유명한 예술가인 Anna Ticho의 집을 박물관으로 바꿔 놓았다. 이곳에는 세계 각국에서 수집한 희귀한 메노라를 포함한 각종 전시회가 열리는데 분위기 좋은 커피숍으로도 유명하다.

입장시간 　일요일~월요일 10:00-17:00 | 화요일 10:00-22:00

　　　　　수요일~금요일 10:00-17:00

주소　　　Harav Kook St. 9, Jerusalem

전화　　　02-624-5068

# 3 Ariel - Center for Jerusalem in the First Temple Period

첫 번째 성전 당시의 성전과 벽들이 축소된 모형이 전시되어 있는 박물관으로 앗시리아에 의해서 포위 공격당하던 당시를 설명하고 있다.

입장시간 일요일~-목요일 09:00-16:00

주소  Bonei Hahoma St., Jerusalem

위치  Corner of Plugat Hakotel St., Jewish Quarter

전화  02-628-6288

# 4 Armenian Museum

예루살렘 올드시티 안의 아르메니안 구역에 있는 이 박물관은 매우 아름다운 오래된 건물을 갖고 있다. 30개의 전시실에는 오래된 인쇄기와 가구들 그리고 각종 사진과 서적, 그리고 각종 보석으로 장식된 십자가들이 전시되어 있다. 아르메니안들의 예루살렘에 정착하여 살아왔던 그들의 생활상들을 볼 수 있다.

입장시간 월요일~토요일 09:30-16:30

주소  Saint James St., Old City, Jerusalem

전화  02-628-2331

# 5 Bible Lands Museum

성경에 등장하는 고대 역사 속에서 발굴된 각종 유물들이 전시되어 있다. 고대 땅의 문화와 문명을 한눈에 볼 수 있도록 일목요연하게 전시하고 있으며 매주 토요일 밤마다 다양한 이벤트가 열리고 있다.

입장시간  일요일~화요일 09:30-17:30 | 수요일 09:30-21:30

　　　　　목요일 09:30-17:30 | 금요일 09:30-14:00

주소　　　25 Granot St., Museum Row, Jerusalem

위치　　　Shrine of the Book 건너편

전화　　　02-561-1066


## 6 Bloomfield Science Museum, Jerusalem

현대 기술의 뿌리가 되는 기초 과학을 쉽게 이해하고 체험할 수 있도록 다양한
전시실과 실험실을 갖추고 있어 아이들에게 인기가 많은 박물관이다.

입장시간  월요일~목요일 10:00-18:00 | 토요일 10:00-15:00

주소　　　Hebrew University, Givat Ram, Jerusalem

위치　　　Rupin St., Jerusalem

전화　　　02-654-4888


## 7 Botanical Gardens(Jerusalem University)

1953년 예루살렘 대학에 처음 문을 연 이곳은 이스라엘 땅의 토양과 기후에 대해
서 잘 설명하고 있는 박물관이다.

입장시간  일요일~목요일 10:00-14:00

주소　　　Burla St., Jerusalem

위치　　　Givat Ram

전화    02-679-4012

## 8 Burnt House (Katres House)

AD70년 예루살렘이 로마에 의해 파괴될 때 불에 탄 가정집을 2천 년 만에 발굴
복원하여 박물관으로 꾸며 놓았다.

입장시간    일요일~목요일 10:00-17:00 | 금요일 09:00-13:00

주소    2 Hakaraim St., Jerusalem

위치    Jewish Quarter of the Old City

전화    02-628-7211

## 9 Chagall Windows

1962년 문을 연 Hadassah Medical Center의 유대인 회당으로 12개의 유리 창문
이 유대인 화가였던 Chagall의 작품이다.

입장시간    일요일~목요일 08:00-13:00 / 14:00-15:30

주소    Ein Kerem

위치    Hadassah Medical Center

전화    02-677-6271

## 10 Chamber of the Holocaust

시온산에 있는 홀로코스트 기념관으로 유대인들이 나치 히틀러 치하에서 얼마나

고통 받았는지를 볼 수 있다.

입장시간   일요일~목요일 08:00-17:00 | 금요일 08:00-13:00

주소   Zion Gate, Jerusalem

전화   02-671-6841

## 11 David Palombo Museum

이스라엘의 유명한 조각가 David Palombo의 작업실을 박물관으로 꾸며 놓았다.

입장시간   일요일~목요일 09:00-13:00 | 금요일 09:00-11:00

주소   Jerusalem, Mt. Zion

전화   02-671-0917

## 12 Davidson Excavation and virtual reconstruction center

제2 성전 시대의 성전에 대한 가상현실을 각종 멀티미디어를 통해서 감상할 수 있다.

입장시간   일요일~목요일 08:00 - 17:00 | 금요일 08:00 - 14:00

주소   Temple Mount Excavations, Jerusalem / Dung Gate 근처

전화   02-627-7550

## 13 Greek Orthodox Museum

성분묘교회 근처에 있는 그리스 정교회 박물관으로 Hordus 왕과 관련된 여러 가

지 유물들이 전시되고 있다.

입장시간   사전 예약에 한해 입장가능

주소        Jerusalem/Christian Quarter of the Old City

전화        02-628-4917


# 14 Gush Ezyon Museum

독립 전쟁 때 이 지역 전투에서 250여명의 군인들이 전사한 것을 기념하는 박물관. 이곳에서는 2천 년 전에 있었던 마사다 전투와 비교할 만큼 치열한 전투가 일어났었다.

입장시간   일요일~목요일 08:30-13:00 | 금요일 08:30-11:00

주소        Gush Ezyon

전화        02-693-5233


# 15 Islamic Museum of the Temple Mount

현재 황금사원 옆에 있는 알아크사 사원의 역사와 이슬람 종교를 이해할 수 있도록 꾸란을 비롯한 각종 유물과 회화작품을 전시하고 있다,

입장시간 월요일~목요일 08:00-11:30 | 토요일 08:00-11:30/14:00-16:00

주소 Temple Mount, Old City of Jerusalem

전화 02-628-3313

# 16 Israel Museum

이스라엘에서 가장 큰 박물관으로 각종 고고학 유물과 디아스포라 기간 동안 사용하던 유대인들의 여러 가지 물품들을 전시하고 있다.

입장시간 　일요일~월요일 10:00-17:00 | 화요일 16:00-21:00

　　　　　수요일~목요일 10:00-17:00 | 금요일 10:00-14:00 토요일 10:00-16:00

주소 　　　Ruppin Road, Jerusalem

전화 　　　02-670-8811


# 17 Jerusalem Artists' House

오스만 투르크 시절 건축한 건물에 이스라엘 예술가들의 작품을 전시하고 있다.

입장시간 　일요일~목요일 10:00-13:00, 16:00-19:00

　　　　　금요일 10:00-13:00 | 토요일 11:00-14:00

주소 　　　12 Shmuel Hanagid St.

전화 　　　02-625-3653


# 18 Jewish Art Museum at Hechal Shlomo(Wolfson Museum)

오래된 토라와 할례식, 성년식, 결혼식, 그리고 아브라함이 이삭을 바치던 역사적 사건 등을 다양한 방식으로 설명하고 있다.

입장시간 　일요일~목요일 09:00-15:00

주소 　　　58 King George St., Jerusalem

전화    02-624-7908

## 19 Model of Jerusalem of Second Temple period

2천 년 전 헤롯시대 당시 예루살렘 성의 모습을 야외에 축소해서 미니어처로 만들어 놓았다. 그 당시의 성벽과 성전 그리고 마을들을 자세히 볼 수 있다. 과거에는 홀리랜드 호텔 뒷마당에 있었던 것을 현재는 이스라엘 박물관으로 옮겼다.

입장시간   일요일~목요일 08:00-22:00 | 금요일, 토요일 08:00-18:00

주소      Ruppin Road, Jerusalem /Israel Museum

전화      02-643-7777

## 20 Montefiore Museum

예루살렘의 역사와 Montifiory 가족에 관한 사진과 각종 서류들이 전시되어 있다.

입장시간   일요일~목요일 09:00-16:00 | 금요일 09:00-13:00

주소      Jerusalem

위치      Between David St. and Mt. Zion

## 21 Museum for Islamic Art

한때 팔레스타인과 중동지역을 풍미하던 이슬람 문화를 소개하는 박물관으로 각종 금속 세공물과 아라베스크 문양의 타일 그리고 무슬림들이 사용하던 옷과 무기들이 전시되어 있다.

입장시간   일요일~월요일 10:00-15:00 | 화요일 10:00-18:00 | 수요일 10:00-15:00

목요일 10:00-15:00 | 금요일~토요일 10:00-14:00

주소      Hapalmach St. 2, Jerusalem

전화      02-566-1291


## 22 Museum of Psalms

Moshe Tzvi Berger라는 화가가 시편의 이야기를 약 7년간에 걸쳐 그림으로 그려 전시하고 있다.

입장시간   일요일~목요일 10:00-16:00 | 금요일 10:00-13:00

주소      9 ha-Rav Kook St. /Jewish Quarter

전화      02-623-0025


## 23 Museum of the Franciscan Convent

비아 돌로로사 제 2지점에 있는 박물관으로 수많은 고고학 유물들이 전시되고 있다.

입장시간   월요일~토요일 08:00-11:45, 14:00-16:00

주소      Via Dolorosa St., Jerusalem / Churches of Blame, Flagelletion

전화      02-628-2936

## 24 Museum on the Seam

현대 사진작가의 작품과 설치미술들이 전시되고 있는 박물관으로 옥상에 있는 카페에서 내려다보는 풍경이 좋다.

입장시간   일요일~목요일 09:00-17:00 | 금요일 09:00-14:00

주소        Chel Hahandasa St. 4 , Jerusalem

전화        02-628-1278


## 25 Musical Instruments Museum

음악의 역사와 악기, 춤에 관한 모든 것들이 전시되고 있다.

입장시간   일요일~목요일 09:00-13:00

주소        Peres Smolensky St., Jerusalem / Givat Ram

전화        02-663-6232


## 26 Nature Museum

팔레스타인 지역의 자연에 관한 것들이 전시되고 있는 박물관으로 이 지역에서 서식하고 있는 각종 가금류와 파충류, 공룡, 조류 등이 박제되어 있어 아이들 관객이 끊이지를 않는다.

입장시간   일요일 08:30-13:30 | 월요일 08:30-18:00 | 화요일 08:30-13:30

수요일 08:30-18:00 | 목요일 08:30-13:30 | 토요일 10:00-14:00

주소        6 Mogilever St., Jerusalem

전화    02-563-1116

## 27 Old Yishuv Court

오스만 투르크 점령 시절 예루살렘에 살던 유대인의 가정을 그대로 복원하여 전시하고 있다.

입장시간   일요일~목요일 10:00-15:00 | 금요일 10:00-13:00

주소    6 Or Hayim Street, Jerusalem / Jewish Quarter of the Old City

전화    02-628-4636

## 28 Rabbi Kook Museum

유대교에 관한 각종 유물들이 전시되어 있다.

입장시간   일요일~목요일 09:00-15:00 | 금요일 09:00-12:00

주소    9 Rav Kook St., Jerusalem

전화    02-623-2560

## 29 Rockefeller Archaeological Museum

미국의 백만장자 Rokefeller에 의해 만들어진 박물관으로 영국 위임통치 기간에 팔레스타인 지역에서 발굴된 유물들을 전시하고 있는 고고학 박물관이다.

입장시간   일요일~목요일 10:00-15:00 | 토요일 10:00-14:00

주소    Sultan Suleiman St., Jerusalem

전화       02-628-2251


# 30 Shai Agnon House

노벨 문학상 수상자인 Shai Agnon의 집을 박물관으로 꾸며 놓았다.

입장시간   일요일~목요일 09:00-15:00

주소       16, Klauzner St., Jerusalem / Diplomat Hotel 근처

전화       02-671-6498


# 31 Shfela Museum

유대인들의 고고학적인 벽과 타워들을 볼 수 있다.

입장시간   일요일~목요일 08:30-12:30

주소       Kibbutz Kfar Menahem

위치       08-850-1827


# 32 Siebenberg House

예루살렘 올드시티 안의 Siebenberg라는 사람의 집 지하에서 발굴된 솔로몬 왕 시절의 유물과 2천 년 전에 사용하던 각종 유물들을 전시하고 있다.

입장시간   20명 이상일 경우 사전예약에 한해 입장가능

주소       5, Beit-Hashoeva Alley, Jerusalem /Jewish Quarter

전화       02-628-2341

## 33 Tax Museum

고대 이스라엘에서부터 현재까지 이스라엘의 세금에 관한 것을 전시하고 있는 박물관으로 세금을 징수하던 방법에서부터 밀수에 관한 여러 가지를 보여준다.

입장시간   일요일~목요일 9:00 - 15:00

주소       32 Agron St., Jerusalem

전화       02-625-8978


## 34 The City of David

3천 년 전 다윗왕이 여부스 민족을 내쫓고 만든 성벽과 집들이 발굴되어 전시되고 있다. 이곳에 히스기야 터널도 함께 있다.

입장시간   일요일~목요일 09:00-17:00 | 금요일 09:00-13:00

주소       8 Shammai St., Jerusalem

전화       02-626-2341


## 35 The Herzl Museum

유대인들에게 시온으로 돌아갈 것을 주장하던 Herzl을 기념하는 박물관. 그 주변에는 골다 메이어 같은 이스라엘 건국에 기여한 사람들의 무덤이 함께 있다.

입장시간   일요일~목요일 09:00-15:30 | 금요일 09:00-12:30

주소       Mount Herzl, Jerusalem

전화       02-632-1515

## 36 The Israelite Tower

기원전 586년, 바벨론에 의해서 허물어진 제1 성전의 성벽과 탑의 흔적이 있는 박물관이다.

입장시간　일요일~목요일 09:00-17:00 | 금요일 09:00-13:00

주소　　　Shonei Halakot St., Jerusalem / Old City, Jewish Quarter

전화　　　02-628-8141


## 37 The Last Battle for the Old City Museum

독립 전쟁 때 예루살렘에서 요르단 군인들과 치열하게 싸우던 장면을 Jon Philip 이라는 사람이 카메라로 촬영하여 그 치열했던 순간을 보여 준다. 과거의 모습과 현재의 모습을 비교 전시하는 것이 흥미롭다.

입장시간　일요일~목요일 09:00-17:00 | 금요일 09:00-13:00

주소　　　Cardo St., Jerusalem / Jewish Quarter of the Old City

전화　　　02-628-8141


## 38 The Menachem Begin Heritage Center Museum

Menachem Begin이 태어나고 자라고 또 과거 소련에 의해 체포되어 감옥 생활을 하다가 이스라엘로 찾아와 결국 이스라엘의 여섯 번째 총리가 되기까지의 과정을 아주 자세하게 설명하고 있다.

입장시간　일요일~월요일 09:00-16:30 | 화요일 09:00-19:00 | 수요일 09:00-16:30

목요일 09:00-16:30 금요일 09:00-12:00

주소     6 Nahon Street, Jerusalem

전화     02-565-2020


# 39 The Moshe Castel Museum of Art

예루살렘에서 사해로 가는 중간 도시 Maale Adumim에 있는 예술 박물관으로 파리와 뉴욕 등지에서 활동하고 있는 예술가들의 작품을 전시하고 있다.

입장시간   일요일~월요일 10:00-17:00 | 화요일 10:00-19:00

수요일~목요일 10:00-17:00 | 금요일 10:00-14:00

주소 1 Kikar HaMuseon, Ma'aleh Adumim 98111

전화 02-535-7000


# 40 The Ramparts Walk

오스만 투르크에 의해 세워진 예루살렘 올드시티를 둘러싸고 있는 성벽을 한바퀴 도는 투어이다.

입장시간   일요일~목요일 09:00-17:00 | 금요일 09:00-14:00

주소     Scheme gate(Damask gate), Jerusalem

전화     02-627-7550

## 41 The U.Nahon Museum of Italian Jewish Art

디아스포라 시절 이탈리아에서 살던 유대인들의 삶과 신앙생활에 대해서 소개하고 있다.

입장시간  일요일 09:00-17:00 | 월요일 09:00-14:00

　　　　　 화요일~수요일 09:00-17:00 | 목요일~금요일 09:00-13:00

주소　　　 27 Hillel St., Jerusalem, 94581

전화　　　 02-624-1610


## 42 The Western Wall Tunnels

예수님 당시의 제2 성전의 서쪽 벽을 좀 더 자세히 볼 수 있는 장소이다.

입장시간  예약

주소　　　 The Western Wall square, Jerusalem

전화　　　 02-627-1333


## 43 Theatre Archives and Museum

이스라엘에 유일하게 있는 영화 관련 박물관으로 이스라엘에서 제작된 영화의 포스터와 촬영세트, 각종 기록 보관 자료 등을 전시하고 있다.

입장시간  일요일 09:00-13:00 | 월요일 09:00-15:30 | 화요일 09:00-15:30

　　　　　 수요일 09:00-13:00 | 목요일 09:00-13:00

주소　　　 Hebrew University, Jerusalem/Mount Scopus, Faculty of Humanities

전화     02-588-3986

## 44 Tower of David - Museum of the History of Jerusalem

예루살렘의 역사를 연대순으로 일목요연하게 설명하고 있는 박물관으로 오스만 투르크가 세운 망대 안에 있다. 이곳에서는 각종 미술 전시회와 밤에는 영상과 조명이 어우러지는 쇼가 펼쳐진다.

입장시간    일요일~수요일 10:00-17:00 | 목요일 10:00- 18:00

              금요일 10:00-14:00 | 토요일 10:00-17:00

주소     Jaffa Gate, Jerusalem

전화     *2884


## 45 Underground Prisoners Museum

영국 위임 통치기간 중에 형무소로 사용되던 곳을 박물관으로 바꾸어 놓았다. 그 당시 죄수들의 형무소 생활이 어땠는지 잘 묘사하고 있다.

입장시간    일요일~목요일 08:30-16:00

주소     Mishol Hagevura St. 1, Jerusalem

전화     02-623-3166

## 46 Wohl Archaeology Museum

헤롯 시대 때 부유한 집을 발굴해서 박물관으로 꾸며 놓았다. 그때 당시의 가옥 구조와 주방시설 등을 보면서 얼마나 화려했었는지를 알 수 있다.

입장시간   일요일~목요일 09:00-17:00 | 금요일 09:00-13:00

주소       1 HaKaraim St., Jerusalem / Jewish Quarter of the Old City

전화       02-628-3448


## 47 YADLashiryon (Armoured Corps) Museum

이스라엘 군인이 주변 아랍국가들과 전쟁을 치룰 때 사용하던 수백 대의 전차와 탱크 그리고 전쟁에서 포획한 적국들의 탱크들이 전시되어 있다.

입장시간   일요일~목요일 08:30-16:30 | 금요일 08:30-12:30 | 토요일 09:00-16:00

주소       Latrun junction

전화       08-925-5268


## 48 YADVashem Memorial

디아스포라 시절, 나치 히틀러에 의해 가스실로 끌려 들어가 희생을 당했던 6백만 유대인과 1백 50만 명의 유대인 아이들의 참상을 소개하고 있다.

입장시간   일요일~수요일 09:00-17:00 | 목요일 09:00-20:00 | 금요일 09:00-14:00

주소       Mt. Ha-Zikaron (Memory), Jerusalem

전화       02-644-3802

텔아비브 지역

# 49 Archaeological museum "Beit Miriam"

지중해를 바라보는 절벽 위에 있는 고고학 박물관으로 선사시대로부터 오스만 투르크 시대까지를 총망라하는 유물들이 전시되고 있다. 특히 오래된 모자이크와 각종 선박의 모형까지 수천 년의 해양역사를 볼 수 있다.

주소　　Kibbutz Palmachim /On Rt. 4311, near Rishon Le zion

전화　　3-953-8281

# 50 Beit Abraham Krinizi

Abraham Krinizi는 Ramat-Gan의 첫 번째 시장이었는데 자신의 집을 자신이 살던 지역의 역사를 소개하는 박물관으로 꾸며 놓았다.

입장시간　일요일~월요일 09:00-12:00 | 화요일 9:00-13:00

　　　　　수요일~목요일 09:00-12:00 | 토요일 10:00-13:00

주소　　64 Krinizi St., Ramat-Gan

전화 03-673-9050

# 51 Beit Rishonim at Nes Tziona

초기 이민자들의 생활을 한눈에 볼 수 있도록 만든 박물관. 그 당시 유대인들이 얼마나 힘들고 고통스럽게 농사를 하고 마을을 이뤄 갔는지를 알 수 있다.

입장시간　일요일~목요일 08:00-13:00

주소　　Tel Aviv str. 19, Nes Tziona

전화      08-940-4491

## 52 Ben-Gurion Museum

이스라엘의 초대 총리 벤 구리온에 관한 것들을 모아서 전시하고 있는 곳이다.

입장시간   일요일 08:00-15:00 | 월요일 08:00-17:00 | 화요일~목요일 08:00-15:00

금요일      08:00-13:00 토요일 11:00-14:00

주소        17 Ben-Gurion St., Tel-Aviv

전화        03-522-1010

## 53 Bialik House

Chaim Nachman Bialik은 이스라엘 국민 시인으로 그가 작품 활동을 하던 집을
박물관으로 꾸며 놓았다.

입장시간   월요일~목요일 11:00-17:00 | 금요일~토요일 10:00-14:00

주소        22 Bialik St., Tel Aviv-Jaffa

전화        03-525-4530

## 54 Bible Museum

성경의 이야기를 그림과 타일 등으로 성경에 관한 모든 것들이 전시되어 있다.

입장시간   일요일~금요일 9:30-12:30

주소        Dizengof House, 16 Rotchild Blvd., Tel-Aviv

전화        03-517-7760

## 55 Chaim Weizmann Museum

이스라엘의 첫 번째 대통령 Chaim Weizmann은 정치뿐 아니라 화학과 생화학 분야의 과학자였다. 그에 관한 것들을 모아서 전시하고 있는 박물관이다.

입장시간  일요일~목요일 10:00-16:00

주소        P.O.box 26, rehovot 76100 / Weizmann Institute of Science campus

전화        08-934-4500

## 56 Digital Art Lab

디지털 방식으로 하는 예술작품들을 전시하고 있는 전시장으로 영상과 사진 음향이 어우러지는 작품을 실컷 볼 수 있다.

입장시간  화요일~수요일 16:00-20:00 | 목요일 10:00-14:00

            금요일 10:00-15:00 | 토요일 10:00-15:00

주소        16 Yirmiyahu St., Holon

전화        03-556-8792

## 57 Dondikov House - Rehovot

Abraham Dondikov는 Rehovot 지역에 살던 사람인데 자신의 집을 전시장으로 꾸며 놓고 예술가들의 작품 전시장으로 활용하고 있다.

입장시간 일요일 10:00-19:00 | 월요일 10:00-15:30 | 화요일 10:00-19:00

　　　　　 수요일 10:00-15:30 | 목요일 10:00-19:00

주소　　　Yaakov St., 32, Rehovot

전화　　　08-949-4721

## 58 Egged Museum of Passengers Traffic

20세기 초반에서부터 지금까지 이스라엘의 대중교통 역사를 한눈에 볼 수 있다.

입장시간 일요일~목요일 08:00-13:00 | 금요일 08:00-12:30

주소　　　Moshe Dayan St., Holon / Ben Gurion district

전화　　　03-555-3439

## 59 Eretz Israel Museum, Tel-Aviv

Eretz란 히브리어로 땅을 말하는데 이스라엘 땅의 고고학을 포함하여 유대교, 전통예술 등을 한눈에 볼 수 있도록 꾸며 놓았다.

입장시간 일요일~수요일 10:00-16:00 | 목요일 10:00-20:00

금요일　　10:00-14:00 토요일 10:00-14:00

주소　　　2 Lebanon St., Tel-Aviv

전화　　　03-641-5244

# 60 Etzel Museum

이 박물관은 이스라엘 독립(1947-1948년)을 위한 투쟁의 역사를 자세히 소개하고 있다.

입장시간   일요일~목요일 08:30-16:00

주소       38 King George St., Tel-Aviv

전화       03-528-001

# 61 Gebo Gallery

Gebo 갤러리는 예술가들의 작품 전시는 물론 각종 토론의 장소로 활용되고 있다.

입장시간   월요일~목요일 11:00-19:00 | 금요일 11:00-14:00

주소       Beit America 35, Shaul Hamelech, Tel Aviv

전화       077-330-0141

# 62 Geological Museum

길보아 산에서부터 사해에 이르기까지 이스라엘의 지질 구조를 자세하게 알 수 있도록 전시하고 있다.

입장시간   일요일~목요일 08:30-13:00

주소       12 Hapalmah St., Tel-Aviv / Ramat Hasharon district

전화       03-549-7185

## 63 Hagana Museum

이스라엘 독립 단체였던 Hagana 조직의 활동과 발달 그리고 국가가 독립하기 전날 밤의 상황을 자세하게 묘사하고 있다.

입장시간   일요일~목요일 08:00-16:00

주소      Rothschild Blvd. 23, Tel Aviv-Jaffa

전화      03-560-8624


## 64 Havayeda, Rehovot

광학, 화학, 기계, 전기 등 과학을 소재로 한 박물관으로 여러 가지 실험을 직접 체험해 볼 수 있는 박물관이다.

입장시간   일요일~목요일 16:00-18:00

주소      5 Yechezkel Habibi, Rehovot

전화      08-945-2949


## 65 Helena Rubinstein pavilion for Contemporary Art

유대인 여성 사업가 Helena Rubinstein에 의해서 설립된 예술 작품 전시장, 수시로 전 세계의 유명한 작가들의 현대 미술 작품이 전시되고 있다.

입장시간   월요일 10:00-16:00 ｜ 화요일 10:00-22:00 ｜ 수요일 10:00-16:00

          목요일 10:00-22:00 ｜ 금요일 10:00-14:00 ｜ 토요일 10:00-16:00

주소      6 Tarsat Bould., Tel-Aviv

전화       03-528-7196

# 66 Herzliya Museum of Art

이스라엘과 해외에서 활동하고 있는 유명한 예술가들의 회화, 조각품, 영상물,
사진, 건축물 등 다양한 예술작품을 전시하고 있다.

입장시간   일요일 16:00-20:00 | 월요일 10:00-14:00 | 화요일 16:00-20:00

          수요일 10:00-14:00 | 목요일 16:00-20:00 | 금요일~토요일 10:00-14:00

주소       4 Habanim St., Herzliya

전화       09-955-1011

# 67 History Museum of Gadera and "Bilu"

Gedera 지역은 1884년에 건립된 최초의 유대인 정착촌이다. 그곳의 첫 번째 유
대인 회당과 학교등 용감한 개척자들의 생활상을 볼 수 있다.

입장시간   일요일~금요일 08:30-13:00

주소       Biluyim St., Gedera

전화       08-859-4675

# 68 Hosmasa Museum

이스라엘 독립 단체 Haganah가 은신하던 장소를 박물관으로 바꿔 놓았다. 무기
저장고와 감시탑 등이 그대로 보존되어 있다.

주소    David Elazar str. 53, Holon

전화    03-505-0425

# 69 Ilana Goor Museum

1740년에 지어진 올드 자파의 건물에서 회화와 조각품 오래된 가구들을 전시하고 있다.

입장시간   일요일~금요일 10:00-16:00 | 토요일 10:00-18:00

주소    4 Mazal Dagim St., Tel-Aviv - Jaffa

전화    03-683-7676

# 70 Independence Hall (Dizengoff's House)

1948년 5월 14일, Ben Gurion에 의해서 이스라엘의 독립 선언문이 읽혀진 곳을 복원해서 박물관으로 바꿔 놓았다.

입장시간   일요일~목요일 09:00-14:00

주소    16 Rotshild Av., Tel-Aviv /Near Peace Tower

전화    03-517-3942

# 71 International Jewish Sports Hall of Fame

올림픽 등 스포츠를 통해 유대민족의 명성을 높인 유대인들을 기념하는 곳으로 현재까지 20개국의 246명의 이름이 등재되어 있다.

입장시간 일요일~목요일 08:00-16:00

주소 Wingate Institute / Netaniya 근처

전화 09-863-9521


# 72 Israel Children's Museum

아이들의 상상력을 키우는 박물관으로 직접 만져보고 느낄 수 있도록 전시실을 꾸며놓고 있다.

주소 Mifraz Shlomo St., Peres Park, Holon

전화 03-559-2080


# 73 Israel Defense Forces History Museum

이스라엘의 군인인 IDF의 역사를 한눈에 볼 수 있도록 박격포와 대포, 장갑차 등 각종 무기를 전시하고 있다.

입장시간 일요일~목요일 08:30-16:00

주소 Tel Aviv Promenade, corner of Yehezkel Kaufmann str. and Ha-Mered str.

전화 03-517-2913


# 74 Jewish Battalions Museum

세계 1차 대전 당시 영국군의 지휘를 받으며 터키와 맞서 싸우던 유대인들의 활약상을 소개하고 있다.

입장시간 일요일~목요일 08:30-16:00

주소 Ahivil / Near Netanya

전화 09-862-9240

# 75 Joseph Bau Museum

Joseph Bau는 1950년에 영화를 성지를 소제로 하는 영화를 만들기 위해 이스라엘로 온 이주민인데 그의 작업실을 박물관으로 꾸며 놓았다. 그가 40년간 일한 그의 스튜디오에서는, 영화 촬영장비와 세트 등을 볼 수 있다.

입장시간 사전 예약에 한해 입장 가능

주소 Berdichevsky St. 9, Tel Aviv / Rothschild blvd 근처

전화 054-430-1499

# 76 Keren Sahar Vintage Auto Museum

1930년대와 40년대 사이에 사용하던 오래된 자동차와 여러 가지 스포츠카를 전시하고 있다.

입장시간 토요일만 10:00-13:00

주소 Kibbutz Eyal / Kfar Saba 근처

전화 09-749-3628

## 77 Lechi Museum - Beit Yair

이스라엘 독립 전쟁 당시의 각종 사진과 문서 책자 등을 전시하고 있다.

입장시간   일요일~목요일 09:00-15:00 | 금요일 09:00-12:00

주소   8 Avraam Shtern St., Tel-Aviv

전화   03-682-0288


## 78 Man and the Living World Museum

인간과 삶을 주제로 하여 전시하고 있다.

입장시간   일요일~목요일 09:00-14:00 | 금요일 09:00-13:00 | 토요일 10:00-17:00

주소   National park, Ramat-Gan

전화   03-631-5010


## 79 Mazkeret Batya Historical Museum

1883년에 형성된 유대인 마을 Mazkeret Batya의 역사를 알 수 있도록 한 박물관.
오래된 건물 안에 옛날에 찍은 사진과 각종 문서들이 전시되어 있다. 특히 백년
전에 세워진 유대인 회당은 볼만하다.

입장시간   일요일~목요일 08:00-13:30 | 금요일 08:00-12:00 | 토요일 09:30-13:30

주소   40 Rothschild St, Mazkeret Batya

전화   08-934-9525

# 80 Meir Dizengoff Museum

시오니즘 운동가이자 텔아비브의 시장이었던 Meir Dizengoff을 시오니즘 박물관으로 변모시켰다.

입장시간  일요일~화요일 09:00-14:00 | 수요일 09:00-17:00 | 목요일 09:00-14:00

주소  16 Rotshild Av., Tel-Aviv

전화  03-517-3942


# 81 Minkov Museum

1904년부터 시작된 Rehovot 과수원에 이스라엘의 과일 농사와 관개시설, 땅에 대해서 설명하는 박물관을 만들어 놓았다.

입장시간  사전 예약에 한해 입장 가능

주소  Nachmani str., Rechovot, 76326

전화  08-946-9197


# 82 Museum "Etzel in 1948 year"

1947년 11월 29일부터 1948년 9월 22일까지 있었던 이스라엘의 독립전쟁과 전쟁에 참여했던 이스라엘 군인 IDF의 활동상을 작전지도, 신문기사, 사진, 무기, 필름 등으로 전시하고 있다.

입장시간  일요일 -목요일 08:30-16:00

주소  Charles Karrol park, Tel-Aviv

전화    03-517-2044

# 83 Museum of Human Sciences and Environment

인간의 몸을 소재로 한 박물관으로 남자와 여자의 신체적 특징 및 차이 등을 해
부학적으로 자세히 소개한 박물관

입장시간  일요일~목요일 08:30-13:00 | 토요일 10:00-14:00

주소    Petach-tikva, 16 Sharet st.

전화    03-928-6900

# 84 Museum of Jewish Diaspora - Beit Hatefusoth

2천 년 동안 전 세계에서 유랑생활을 하던 유대인들의 삶과 문화 종교 교육에 관
한 모든 것들이 전시되어 있다.

입장시간  일요일~목요일 10:00-16:00 | 금요일 09:00-13:00

주소    Klauzner St., Tel-Aviv / Tel-Aviv University Campus, Gate 2

전화    03-640-8000

# 85 Museum of Provisional Peoples Council and Administration

건축 디자인 대회에서 수상했던 집을 박물관으로 바꿔 놓았다.

입장시간  일요일~목요일 06:00-16:00

주소 11 Tzvi (Herman) Shappira St., Tel-Aviv

전화      03-526-1104

# 86 Jewish National Fund House

20세기 초반에 러시아의 각종 회화 등을 전시하고 있으며 현재도 러시아의 유명한 작가들의 작품을 전시하고 있다.

입장시간   월요일 10:00-16:00 | 화요일 10:00-20:00 | 수요일 10:00-16:00

　　　　　목요일 10:00-20:00 | 금요일 9:00-13:00 | 토요일 10:00-15:00

주소      18, Hibbat Zion St., Ramat-Gan

전화      03-618-8243

# 87 Nachum Gutman Art Museum

Gutman이라는 유대인 작가의 집을 그의 아들이 박물관으로 꾸며 놓았으며 그의 작품과 원고 그림 등을 전시하고 있다.

입장시간   일요일~목요일 10:00-16:00 | 금요일 10:00-14:00 | 토요일 10:00-15:00

주소      21 Rokach St., Tel Aviv

전화      03-516-1970

# 88 Petach-Tikva Museum of Art

사진과 회화, 조각품, 비디오 아트, 건축등 다양한 분야의 예술작품을 전시하고 있는 박물관으로 3천여 작품이 있다.

입장시간　월요일 10:00-14:00 | 화요일 16:00-20:00 | 수요일 10:00-14:00

　　　　　목요일 06:00-20:00 | 금요일 10:00-14:00 | 토요일 10:00-14:00

주소　　　Arlozorov str. 30, Petach-Tikva

전화　　　03-928-6300


# 89 Physical education and sport exhibition in Israel

이스라엘의 역사 속에 등장한 각종 스포츠를 소개하는 박물관으로 오트만 시대
와 영국위임 통치기간, 이스라엘 건국 초기 등 시대별로 나누어 전시하고 있다.

입장시간　사전 예약에 한해 입장가능

주소　　　Wingate Institute / Netaniya

전화　　　09-863-9521


# 90 Pierre Gildesgame Maccabi Sports Museum

이스라엘의 스포츠 역사를 소개하고 있다.

입장시간　일요일~목요일 10:00-15:00

주소　　　Kfar Maccabiah, Ramat-Gan 52105

전화　　　03-671-5729

# 91 Postal and Philatelic Museum

이스라엘의 우편 시스템의 역사를 전시하고 있다.

입장시간  일요일~목요일 09:00-15:00 | 금요일~토요일 10:00-14:00

주소　　2, Haim Levanon St., Tel-Aviv

전화　　03-641-5244

# 92 Qedem Museum

1977년 이 마을에 유대인들이 정착한 이후 발굴한 고고학적 유물을 전시하고 있다.

입장시간  사전 예약에 한해 입장 가능

주소　　Kedumim / Shomron

전화　　09-792-1290

# 93 Ramla Museum

Ramla 지역의 중세시대, 오트만 시대, 영국위임 통치 시대, 독립 전쟁의 상황을 보여 주고 있다.

입장시간  일요일~목요일 10:00-16:00 | 금요일  10:00-13:00

주소　　Herzel Street, 112, Ramla

전화　　08-929-2650

## 94 Rishon Le-Zion Museum

유대인 귀환 운동의 초기 시절 개척자들의 생활상을 보여주는 박물관으로 간단
한 히브리어를 가르쳐 주고 있다.

입장시간   일요일 09:00-14:00 | 월요일 09:00-13:00 16:00-19:00

　　　　　화요일 09:00-14:00 | 수요일 09:00-14:00 | 목요일 09:00-14:00

주소　　　 Meyasdim sq., Rishon Le-Zion

전화　　　 03-968-2435


## 95 Rokach House

1887년에 세워진 Shimon Rokach의 집을 그대로 보존하고 있다. 이곳에는 140년
전의 유대인의 생활상을 그대로 보여 주고 있다.

입장시간   일요일~목요일 10:00-16:00 | 금요일~토요일 10:00-14:00

주소　　　 Shomon Rokach str., 36, Tel Aviv

전화　　　 03-516-8042


## 96 Rubin Museum

Rubin 박물관은 이스라엘의 이민 1세 화가 Reuven Rubin의 옛집에 그의 대표 작
품과 그가 평소에 작업하던 모습이 담긴 사진도 함께 전시하고 있다.

입장시간   월요일 10:00-15:00 | 화요일 10:00-20:00 | 수요일 10:00-15:00

　　　　　목요일 10:00-15:00 | 금요일 10:00-15:00 | 토요일 11:00-14:00

주소    14 Bialik St., Tel-Aviv

전화    03-525-5961

# 97 Shalom Aleichem Museum

Shalom Aleichem이라는 유명한 유대인 작가의 집을 박물관으로 바꿔 놓았다.

입장시간  일요일~목요일 10:00-14:00 | 금요일 10:00-13:00

주소    4 Berkovich St., Tel-Aviv

전화    03-695-6513

# 98 Shoham Gallery

바닷가에 있는 겔러리로 현대 예술가들의 작품을 전시하고 있는데 전시장 주변
의 풍광이 아름답기로 유명하다.

입장시간  일요일 10:00-14:00, 16:00-18:00 | 월요일 10:00-14:00, 16:00-18:00

        화요일 10:00-14:00, 16:00-18:00 | 수요일 10:00-14:00, 16:00-18:00

        목요일 10:00-14:00, 16:00-18:00 | 금요일  10:00-13:00

주소    Geula str., 45, Tel Aviv

전화    077-777-9999

# 99 Tel Aviv Artists House

이스라엘의 연로한 예술가들을 위한 공간으로 그들의 작품을 전시하며 각종 이

이벤트와 강의로 신구세대 예술가간의 가교역할을 하는 곳이다.

입장시간  월요일 10:00-13:00/17:00-19:00 | 화요일 10:00-13:00/17:00-19:00

　　　　　수요일 10:00-13:00/17:00-19:00 | 목요일 10:00-13:00/17:00-19:00

　　　　　금요일~토요일 10:00-13:00

주소　　　9 Alharizi St., Tel Aviv

전화　　　03-524-6685


# 100 Tel-Aviv Museum of Art

Henri Moore와 Picasso등 유명한 현대 미술 작가의 작품이 전시되고 있으며 자주 열리는 연주회와 강의가 관객들의 발길을 재촉하는 곳이다.

입장시간  월요일 10:00-16:00 | 화요일 10:00-22:00 | 수요일 10:00-16:00

　　　　　목요일 10:00-22:00 | 금요일 10:00-14:00 | 토요일  10:00-16:00

주소　　　27 King Shaul Bould., Tel-Aviv

전화　　　03-696-1297


# 101 The Archaeological Museum of Kfar-Saba

선사시대부터 오스만 투르크 시대까지 이 지역에서 발굴된 유물들을 전시하고 있다. 특히 오래 된 지도와 각종 고고학 유물들이 눈길을 끈다.

입장시간  일요일~목요일 09:00-14:00 | 금요일~토요일 사전 약속

주소　　　35 Yerushalayim St., Kfar-Saba

전화　　　09-764-9262

## 102 The Ayalon Institute

이곳은 이스라엘의 독립전쟁 당시 총알과 각종 탄약을 만들던 지하 8미터의 공장을 박물관으로 만들었다. 한때 이곳에서는 소음을 위장하기 위해 커다란 세탁기를 돌리면서 약 2백 50만 개의 총알을 만들었다고 한다.

입장시간   일요일~목요일 08:30-16:00 | 금요일~토요일 08:30-14:00

주소   Kiryat Ha-Mada, Rechovot, 76326

전화   08-930-0585


## 103 The Babylonian Jewry Museum

기원전 721-586년 사이 바벨론에서 살던 유대인들의 역사와 문화, 예술을 소개하고 있다.

입장시간   일요일~월요일 08:30-15:30 | 화요일 08:30-19:00 | 수요일 08:30-15:30

목요일 08:30-15:30 | 금요일 08:30-13:00

주소   83 Ben-Porat Road, Or-Yehuda

전화   03-533-9278


## 104 The Clore Garden of Science

야외에 있는 과학 박물관으로 우리의 생활속에 숨어 있는 과학의 원리를 알게 해주는 곳이다.

입장시간   월요일~목요일 10:00-17:00 | 금요일 10:00-14:00

주소    Rehovot입구

전화    08-934-4401

# 105 The Founders Room

1912년부터 1936년 사이 팔레스타인으로 찾아와 Raanana 마을에 정착한 이민자
들의 마을을 볼 수 있도록 해 놓았다.

입장시간    일요일~목요일 16:00-19:00 | 토요일 11:00-13:00

주소    147 Ahuza St., Raanana

전화    09-761-0551

# 106 The Genia Schreiber University Art Gallery

현대 이스라엘의 예술과 건축물, 사진 등을 전시하는 곳으로 Genia Schreiber 대
학의 Mordechai Omer 교수가 만든 전시장이다.

입장시간    일요일~목요일 11:00-19:00

주소    Haim Levanon st./ corner of Einstein st.

전화    03-640-9022

# 107 The Harry Oppenheimer Diamond Museum

이스라엘의 다이아몬드 산업의 역사와 현황을 한눈에 볼 수 있다.

입장시간    일요일~월요일 10:00-16:00 | 화요일 10:00-18:00

수요일~목요일 10:00-6:00

주소       1 Jabotinsky st., Ramat Gan / Maccabi bldg (1층)

전화       03-575-1547

# 108 The Israeli Museum at the Yitzhak Rabin Center

이스라엘의 현대 역사를 한눈에 자세히 볼 수 있도록 만든 최초의 박물관으로 200여 편의 관련 다큐멘터리 영화와 전 세계에서 수집한 1500여 장의 희귀한 사진들이 전시되고 있다. 특히 이스라엘의 총리였던 이즈하크 라빈의 일생에 관한 테마전시장은 볼만하다.

입장시간  일요일~월요일 9:00-17:00 | 화요일 9:00-19:00 | 수요일 9:00-17:00

            목요일 9:00-19:00 | 금요일 9:00-14:00

주소       Haim Levanon str.14, Tel-Aviv

전화       03-745-3358

# 109 The Israeli Museum of Caricature and Comics

이스라엘의 시사 만화가들의 작품을 전시하고 있는 박물관, 국내 정치와 국제 정치를 풍자하는 시사만화의 역사를 한눈에 볼 수 있다.

입장시간  월요일 10:00-13:00 | 화요일 17:00-20:00 | 수요일 10:00-13:00

            목요일 17:00-20:00 | 금요일~토요일 10:00-13:00

주소       Weizman 61, Holon

전화       03-652-1849

# 110 The Jabotinsky Museum

시온주의 운동의 지도자인 Zeev Jabotinsky에 관한 모든 것들이 소개되어 있다.

입장시간　일요일~목요일 08:00-16:00

주소　　　38 King George St., Tel-Aviv

전화　　　03-528-7320

# 111 The Mikveh Israel Visitor Center

1870년에 설립된 농업학교에 있는 박물관으로 이스라엘의 역사를 스토리에 맞춰 음악으로 소개한다.

입장시간　사전 예약에 한함

주소　　　Mikveh Israel 58910 /Agricultural School

전화　　　03-503-0489

# 112 The Museum of Holon History

이스라엘의 국회의원이었던 Avraham Harzfel이 자신의 집에 Holon 지역의 역사를 소개하는 박물관을 만들어 놓았다.

입장시간　일요일~월요일 8:30-13:00 | 화요일 16:00-19:00

　　　　　수요일~목요일 8:30-13:00

주소　　　Leon Blum str. 26, Holon

전화　　　03-505-0425

# 113 The Museum of Israeli art , Ramat-Gan

조각, 사진, 영상, 3차원 디자인 등 2000여 가지의 다양한 예술작품들이 전시되는
데 매년 24차례의 대규모 전람회가 열린다.

입장시간  일요일~목요일  16:00-21:00 | 금요일  09:00-13:00 | 토요일  09:00-16:00

주소        Aba Hillel st., 146, Ramat Gan 52572

전화        03-752-1876


# 114 The Museum of Jewish Heritage

유대인들이 사용하던 오래된 요리 기구와, 절기 때 사용하던 것들을 전시하고 있
다. 특히 오래된 토라와 유대인들이 결혼식 때 주고받는 아름다운 모양의 각종
서약서들이 전시되고 있다.

입장시간  일요일~목요일 09:00-16:00

주소        20 David HaMelech Boulevard, Lod

전화        08-924-4569


# 115 The Museum of Rabbi Mohilever

시오니즘 운동가였던 랍비 모히레버에 대한 시청각 자료들이 전시되어 있어서
이스라엘 건국의 역사를 한눈에 볼 수 있다.

주소        Harav Mohilever str., 1, Mezkeret Batia

전화        08-934-0034

# 116 The Old Courtyard

키부츠 안에 있는 박물관으로 백년 전의 농업장비와 빵집, 군인들의 막사들을 재연해 놓고 있다.

입장시간   일요일~목요일 10:00-15:00 | 금요일 10:00-13:00 holidays 08:00-13:00
주소       Kibbutz Ein Shemer
전화       972-4-637-4327


# 117 The Rehovot Municipal Art Gallery

Rehovot 지역 주민의 다양한 문화 체험 활동을 위하여 각종 예술품 전시 및 강의, 체험 등을 할 수 있게 꾸며 놓았다.

입장시간   일요일~목요일 9:00-13:00/15:00-20:00 | 금요일 9:00-13:00
주소       Goldin St., 2, Rehovot
전화       08-939-0390


# 118 The Yechiel Nahari Museum of Far Eastern Art

13세기에서부터 20세기까지 중국과 일본 등 극동지방의 예술품과 민속품들을 한곳에 모아 놓았다.

입장시간   일요일~월요일 16:00-21:00 | 화요일 10:00-21:00 | 수요일 16:00 - 21:00

          목요일 16:00-21:00 | 금요일 9:00-13:00 | 토요일 10:00-16:00
주소       18, Hibbat Zion St., Ramat-Gan

위치    Near theatre

전화    03-618-8243


# 119 Time For Art - an Israeli Art Center

이스라엘 예술가들의 다양한 조각품과 회화, 사진, 삽화 등 작품들이 전시되어

있다. Artichoke 커피숍은 분위기가 좋다.

입장시간  월요일~목요일 10:00-19:00 | 금요일 10:00-14:00 | 토요일 10:00-17:00

주소    montefiori str., 36, Tel Aviv

전화    03-566-4450

하이파 지역

# 120 Albadia - the Arab Bedouin Heritage Center

유목민들의 축제와 결혼식 등 각종 문화를 소개하고 있다.

입장시간  Visit upon request only

주소        1 Aba Hushi St., Osafia (Haifa University 근처)

전화 04-839-1872


# 121 Antiquity Museum in kibbutz Sdot-Yam (Caesarea)

가이사랴 지중해변에서 발굴된 유물들이 전시되어 있는 박물관으로 특히 지중해
앞바다 속에서 인양된 유물들이 흥미롭다.

입장요금  일요일~목요일 10:00-16:00 | 금요일 10:00-13:00

주소        Kibbutz Sdot-Yam / Caesarea

전화        04-636-4367


# 122 Beit Aaronson

세계 1차 대전 당시 오스만 투르크와 싸우던 영국을 위해 비밀리에 스파이활동
을 하던 Aaronson의 집을 박물관으로 꾸며 놓았다.

입장시간  일요일~목요일 08:30-15:00 | 금요일 08:30-13:00

주소        40 Hamiyasdim St., Zichron Yaakov

전화        04-639-0120

# 123 Beit Fisher

19세기 말에 건축된 건물을 Ata Kiryat 도시의 역사 박물관으로 바꿔 놓았다. 원래 이 건물은 유대인 정착민을 위한 지도자가 살았던 건물인데 1945년에서 2003년까지 이 도시의 변천사를 한눈에 알 수 있게 했다.

입장시간  일요일~목요일 08:00-13:00

주소  Hameyasdim str., 9, Kiryat Ata

전화  04-844-0207

# 124 Beit-Hagefen Art Gallery

아랍 출신 유대인들을 위한 문화 공간으로 아랍 작가와 유대인 작가들의 작품을 주로 전시한다. 화랑과 클럽, 강연장 등이 있다.

입장시간  일요일~목요일 08:00-19:00 | 금요일 09:00-13:00 | 토요일 10:00-13:00

주소  2 Hagefen St., Haifa

전화  04-852-5252

# 125 Castra Cultural Centre

Castra 문화센터는 예술과 오락과 쇼핑을 서로 접목하는 형태의 종합 예술 공간이다. 화랑과 박물관과 음식점과 쇼핑센터를 한곳에서 즐길 수 있다.

입장시간  일요일~목요일 10:00-22:00 | 금요일 10:00-15:00 | 토요일 10:00-22:00

주소  8 Fliman St., Haifa

전화      04-859-0000

## 126 Chagall Artists House

해외 작가들의 작품 전시가 있고, 실내악 연주회를 개최하는 등 수준 높은 기획
전시장이다.

입장시간   일요일~목요일 09:00-13:00, 16:00-19:00 | 금요일 10:00-13:00

주소      24 Hazionut Blvd., Haifa

전화      04-852-2355

## 127 Clandestine Immigration and Naval Museum

20세기 초 유럽에서 팔레스타인 땅으로 귀환하던 유대인들이 불법입국죄로 체포
되어 수용소 생활을 하던 모습을 재연하고 있다.

입장시간   일요일~목요일 08:30-16:00

주소      204, Allenby St., Haifa/National Maritime Museum 근처

전화      04-853-6249

## 128 Colosseum art gallery

러시아에서 온 유대인들의 조각품, 조형작품들이 주로 전시되는 미술관이다.

입장시간 일요일~목요일 10:00-20:00 | 금요일 10:00-15:00

주소      Haneviim St. 24, Haifa

전화        04-864-0438

## 129 Dagon Grain Museum

선사시대의 농경문화를 알 수 있는 박물관으로 각종 농기구와 저장 방식 등을 체
험할 수 있다.

입장시간    일요일~목요일 10:30 - 11:00

주소        Plumar Square, Haifa

전화        04-866-4221

## 130 Ethnography Center of Acre and the Galilee

백여 년 전 갈릴리 지역의 구두를 수선하는 집과 목공소, 약국, 보석가게 등 시장
거리의 모습을 재연했다.

입장시간    일요일~토요일 09:00 - 16:00

주소        Old Acre.

전화        04-991-1004

## 131 First Aliyah Museum

초기 이민자들의 생활을 영상을 통해 보여 준다.

입장시간    월요일 09:00-14:00 | 화요일 09:00-15:00 | 수요일~금요일 09:00-14:00

주소        Zikhron Yaaqov

전화     04-629-4777

## 132 Gallerina - gallery of art, craft & coffee

각종 회화 작품과 조각품들을 전시하고 커피와 치즈케이크 등을 판매한다.

입장시간   화요일 09:30-16:00 | 금요일 09:30-17:00 | 토요일 09:30-17:00

주소     Moshav Bat Shlomo

전화     04-6399735

## 133 Hadera Artists House

Hadera 지역의 예술가들을 위한 전시장으로 조형작품 전시장, 수준 높은 작가들의 작품을 전시하는 전시장, 강의실 등이 있다.

입장시간   월요일~목요일 09:00-12:00, 17:00-20:00

         목요일 09:00-12:00/17:00-20:00

주소     Corner of Ha-Nassi and Rothschild, Hadera

전화     04-632-5169

## 134 Hamizgaga museum - Nachsholim

Tel Dor 지역과 앞바다에서 인양된 도기와 유리제품, 오일램프, 보석 등 유물들을 전시하고 있다.

입장시간   일요일~목요일 08:30-14:00 | 금요일 08:30-13:00 | 토요일 10:30-15:00

주소    Kibbutz Nachsholim

전화    04-639-0950

# 135 Hana Senesh House

Hana Senesh는 여자의 몸으로 세계 2차 대전 때 활약하던 유명한 낙하산 부대 군인이었다. 그의 집을 박물관으로 꾸며 놓았다. 가이사랴 지역에서 꽤 오래된 박물관이다.

입장시간  일요일~목요일 10:00-16:00

주소    Kibbutz Sdot Yam/Caesarea

전화    04-636-4366

# 136 Hecht Museum, University of Haifa

비잔틴 시대의 유물과 마네, 모네트, 피사로 반고흐 등 유명한 유대인 화가들의 작품, 그리고 홀로코스트 때 희생을 당한 유명한 작가들의 작품을 전시하고 있다.

입장시간  일요일, 월요일~목요일 10:00-16:00 | 화요일 10:00-19:00

        금요일 10:00-13:00 | 토요일 10:00-14:00

주소    Main building of the Haifa University

전화    04-825-7773

# 137 Illegal Immigrants Detention Camp

독일 나치 치하에서 탈출한 유대인들이 팔레스타인 땅으로 돌아온 뒤에 영국군에 의해 수용소에 갇히게 된다. 이때 208명의 수용자들을 구출하기 위한 용감한 작전이 펼쳐졌는데 그곳을 현재 박물관으로 복원했다.

입장시간   일요일~목요일 09:00-17:00 | 금요일 09:00-13:00 | 공휴일 09:00-13:00

주소        Atlit

전화        04-984-1980


# 138 Israel Railway Museum

이스라엘 철도의 역사를 한눈에 볼 수 있도록 각종 증기 기관차와 수레, 발차시간표와 신호장비 등 다양한 유물들을 전시해 놓았다.

입장시간   일요일~목요일 08:30-15:30

주소        Hativat Golani 1, Haifa / Haifa 기차역

전화        04-856-4293


# 139 Janco Dada Museum

예술가들이 많이 모여 살고 있는 Ein Hod 마을에 젊은 예술가들을 위한 작품을 전시하고 있다.

입장시간   일요일~목요일 09:30-15:30 | 금요일 09:30-14:00 | 토요일 10:00-16:00

주소        Ein - Hod, D.N. Hof Hacarmel 30890

전화      04-984-2350

# 140 Juara museum

오스만 투르크 시절에 있었던 병영에 박물관을 만들어 놓았다. 이곳은 주로 독립 직전 지하 단체였던 Hagaana가 어떻게 훈련을 받았는지 그리고 주로 어떤 작전을 펼쳤었는지를 소개한다.

입장시간   일요일~목요일 08:30-16:00 ㅣ 금요일 예약입장만 가능

주소      Juara Gadna Military Base, near Kibbutz Ein Hashofet

전화      04-959-7402

# 141 Mane-Katz Museum

Mane-Katz라는 이스라엘의 유명한 화가의 작업실을 박물관으로 꾸미고 그의 작품과 작업 도구들을 전시하고 있다.

입장시간   일요일, 월요일, 수요일, 목요일 10:00-16:00 ㅣ 화요일 14:00-18:00

         금요일 10:00-13:00 ㅣ 토요일 및 공휴일  10:00-14:00

주소      89, Yafe Nof St. Central Carmel, behind the Nof Hotel

전화      04-838-3482

# 142 Museum of Dolls

천지 창조에서부터 현대사에 이르기까지 이스라엘의 역사를 80여 개의 장면으로

나눠 1천여 개의 헝겊 인형으로 재연해 놓았다.

입장시간   매일 09:00-17:00

주소       8 Fliman St., Haifa

전화       04-859-0000

# 143 National Maritime Museum

이스라엘의 해양 운송 역사를 소개하는 박물관으로 각종 선박과 나침반, 랜턴, 닻 등을 실제 물건과 미니어처로 전시하고 있다.

입장시간   월요일~수요일 10:00-16:00 | 목요일 16:00-21:00

           금요일 10:00-13:00 | 토요일 10:00-15:00

주소       198, Allenby St., Haifa

전화       04-853-6622

# 144 National Museum of Science, Technology and Space

주요 과학의 원리를 아주 쉽고 재미있게 배우고 체험할 수 있는 거울의 방, 어둠의 밤, 우주항공의 방 등으로 꾸며 놓았다.

입장시간   일요일12:00-16:00 | 월요일~수요일, 금요일 10:00-16:00

           목요일, 토요일 10:00-18:00

주소       25th Shmeriyagu Levin St., Haifa /Hadar-Old Technion building

전화       04-861-4444

# 145 Ralli Museum(Caesarea)

살바도르 달리의 작품 등 희귀한 현대 미술 작품들을 전시하고 있는 개인 박물관으로 가이사랴에서 발굴된 유물도 함께 전시되고 있다.

입장시간   월요일~토요일 10:30-15:00

1월, 2월은 금요일, 토요일에만 입장가능

주소       Rothschlid Blvd., Caesarea

전화       04-626-1013


# 146 Shtekelis Prehistory Museum

북부 이스라엘과 갈멜산 동굴에서 발굴된 선사시대의 유물들을 전시하고 있다.

입장시간   일요일 08:00-15:00 | 월요일~목요일 08:15-15:00

금요일 08:00-13:00 | 토요일 10:00-14:00

주소       124, Ha-Tishbi St., Haifa / Zoological park

전화       04-837-1833


# 147 Terezin House

디아스포라 시절 Terezienstadt' 게토 안에 있던 유대인들이 대학살 당한 것을 기념하는 박물관이다. 감방 안에 갖가지 물건들을  전시하고 있다.

입장시간   일요일~목요일 09:00-13:00 | 토요일 12:30-13:30 | 공휴일 09:00-12:00

주소       Kibbutz Givat Haim Yehud

전화        04-636-9515

## 148 The "Khan" Museum of the History of Hadera

Hadera 지역에서 발굴된 오스만 투르크 시대의 유물들을 전시하고 있다.

입장시간   일요일~목요일 08:00-13:00(일요일, 화요일 16:00-18:00에도 입장가능)

            금요일 09:00-12:00

주소        74 Hagiborim St., Hadera

전화        04-632-2330

## 149 The Art Gallery in University of Haifa

1978년 하이파 대학에 문을 연 전시관은 현대 이스라엘의 예술작품뿐 아니라 전 세계의 유명한 작가들의 작품이 전시되고 있다.

입장시간   일요일~목요일 10:00-16:00

            학기 시작 전, 한 달 동안 닫힘

주소        University of Haifa, The Main Building, 31905, Haifa

전화        04-824-0660

## 150 The Haifa Museum of Art

하이파 미술관은 7천여 점 이상의 예술작품이 전시되고 있으며 갖가지 이벤트와 강연, 연주회가 끊이지 않는다.

입장시간　월요일~수요일 10:00-16:00 | 목요일 16:00-21:00

　　　　　금요일 10:00-13:00 | 토요일 10:00-15:00

주소　　　26, Shabbetai Levi St., Haifa

전화　　　04-852-3255

## 151 The Museum of Edible Oil Production in Israel

석유 산업의 역사를 일목요연하게 전시해 놓은 박물관으로 석유가 어떻게 만들어지며 채굴 과정과 생산 정유과정을 자세하게 설명해 놓았다.

입장시간　일요일~목요일 08:00-15:30

주소　　　2 Tovim St., Haifa (Mifraz)

전화　　　04-865-4237

## 152 The Okashi Art Museum

Okashi 미술관은 일본인 예술가 오카시의 작품이 주로 전시되고 있다. 오카시는 아코에서 작품활동을 하던 현대 미술작가이다.

입장시간　일요일~목요일, 토요일 09:30-18:00 | 금요일 09:30-17:00

주소　　　Ancient city of Akko

전화　　　04-995-6710

# 153 The Secret Hiding Place of Weapons at Nahalal

영국 위임 통치기간 때 독립운동을 하던 Hagana 단체의 은신처로 독립 직전인 1943년에서 1947년까지 사용되었지만 영국군에게 발각되지는 않았다. 역사의 현장을 박물관으로 바꿔 놓았다.

입장시간  방문 시 예약 요함

주소      Meshek 27, Nahalal

전화      04-651-5141


# 154 The Thomas Lemay Gallery

아름답고 역사적인 도시 Bet Lehem Haglilit에 있는 전시장으로 각종 예술작품 전시와 강의와 퍼포먼스 등이 열리고 있다,

입장시간  금요일 9:00-13:00 | 토요일 10:00-16:00 | 월요일~목요일 예약 후 방문

주소      Bet Lehem Haglilit , P.O.Box 192 , 36007

전화 050-722-5533


# 155 The Tikotin Museum of Japanese Art

약 6천여 개의 회화, 판화, 도자기 등 일본인 수집가가 개인적으로 전시해 놓은 미술관이다.

주소      89 Hanassi Ave. Haifa

위치      Dan Carmel Hotel 근처

# 156 Wilfrid Israel Museum

세계 2차 대전 당시 독일에 있던 유대인을 구출하기 위해 목숨을 바쳤던 Wilfrid Israel을 기념하는 박물관.

입장시간 　일요일~목요일 09:00-14:00 | 금요일 09:00-12:00 | 토요일 10:00-16:00

주소 　　　Kibbutz Hazorea

전화 　　　04-989-9566


# 157 YADYaari Museum

1913년에 설립되어 오스트리아, 헝가리 등지에서 활동하던 청년 시온단체인 HaShomer HaTzair의 역사를 소개하는 박물관으로 각종 자료 사진과 문서, 간행물들을 전시하고 있다.

입장시간 　일요일~목요일 08:00-15:00

주소 　　　Givat Haviva

전화 　　　04-630-9232

갈릴리와 골란 지역

# 158 Ancient Katzrin park

탈무딕 시대의 회당을 다시 개축하고 마을을 만들어 놓은 야외 박물관이다.

입장시간    일요일~목요일 08:00-17:00 | 금요일 08:00-15:00

토요일 및 공휴일 10:00-16:00

주소        Katzrin

전화        04-696-2412


# 159 Archaeological museum at Kibbutz Ein Dor

다볼산 아래에 있는 박물관으로 그 지역에서 발굴된 고고학적인 유물들을 전시한다. 올리브 오일 짜기 체험과 빵 만들기 체험 등 다양한 프로그램이 있다.

입장시간    일요일~목요일 08:00-15:00 | 금요일 08:00-14:00

토요일 및 공휴일 12:00-14:00

주소        Kibbutz Ein Dor

전화        04-677-0333


# 160 Bar-David Museum of Jewish Art and Judaica

이스라엘의 북쪽 끝 국경지역에 있는 Baram 키부츠에 있는 박물관으로 Bar David라는 사람이 재정을 부담해서 만들었다고 이름이 붙여졌다. 이스라엘 북쪽 지역에서 발굴된 고고학 유물과 조각품, 유리제품 등이 전시되고 있다.

입장시간    일요일~목요일 10:00-16:00 | 금요일 10:00-14:00

토요일 및 공휴일 10:00-16:00

주소  Kibbutz Baram

전화  04-698-8295

# 161 Beit Gabriel on the Kinneret

갈릴리 호숫가에 있는 박물관으로 아름다운 건물이 자랑거리다. 이 지역에서 발굴된 유물과 갈릴리 호수의 역사를 소개하고 있다.

입장시간  월요일~토요일 10:00-24:00

주소  Tzemach interchange, Kinneret

전화  04-675-1175

# 162 Beit Hameiri Museum - Jewish Settlement

유명한 작가이자 저널리스트였던 hzekei Hameiri(1898-1934)의 집을 박물관으로 개조했다. 이곳에는 그가 작성했던 신문 잡지 기사와 사진 여러 가지 문서들이 전시되고 있으면 Zfat지역의 역사를 소개한다.

입장시간  일요일~목요일 09:00-14:00 ㅣ 금요일 09:00-13:00

주소  Safed (Zfat)

전화  04-697-1307

# 163 Beit Hashomer Museum

북쪽 지역인 Tel Hai의 Kfar Giladi 키부츠에 있다. 이스라엘의 여류 조각가 Batya Lishanski의 작품들이 전시되고 있다.

입장시간  일요일~목요일 08:00-15:30 | 금요일 및 공휴일 08:00-12:00

　　　　　금요일, 토요일 그룹 방문은 예약 후 방문

주소　　　Kibbutz Kfar Giladi

전화　　　04-694-1565


# 164 Beit Shturman Museum

Beit Sturman 박물관은 가장 큰 고고학 박물관 중에 하나로 이스라엘 골짜기에서 불굴된 유물이 전시되고 있다.

입장시간  일요일~목요일 08:00-15:00 | 토요일 11:00-15:00

주소　　　Kibbutz Ein Harod

전화　　　04-648-6328


# 165 Beit Uri and Rami Nehushtan

과거 블레셋의 각종 그림과 조각품을 비롯해 카펫, 자수 작품 등을 소개한다.

입장시간  월요일~목요일10:00-15:00 | 금요일 10:00-13:00 | 토요일 11:00-15:00

주소　　　Kibbutz Ashdot Yaakov MeuhAD

전화　　　04-675-7737

# 166 Beit Ussishkin Nature Museum

훌라 골짜기와 헐몬산, 골란고원의 자연사를 소개한다.

입장시간   일요일~목요일 08:00-16:30 | 금요일 08:00-15:00

　　　　　토요일 및 공휴일 09:30-16:30

주소　　　Kibbutz Dan

전화　　　04-694-1704


# 167 Beit-Shean Museum

로마시대의 벳샨 유적지에서 발굴된 유물들이 전시되고 있다.

입장시간   사전 합의하에 방문

주소　　　Beit-Shean

전화　　　04-658-6221


# 168 Elsaraya - Art and Culture Gallery

130년 전 아랍 사람인 Daher El-Omar의 집을 박물관으로 만들어서 그 당시 나사렛에 살던 아랍사람들의 생활 모습을 그대로 재현했다.

입장시간   월요일~토요일 10:00-22:00

주소　　　El-Bishara Street 21, Nazareth

전화　　　04-601-4001

# 169 Golan Archaeological Museum

2천 년 전 골란고원의 사람들이 살던 집과 회당 등의 건축물과 그 안에서 사용하던 각종 생활용품을 그대로 복원해 전시하고 있다.

입장시간   일요일~목요일 08:00-17:00 | 금요일 08:00-15:00

주소       Katzrin / Golan 고원

전화       04-696-9636


# 170 Gordon's House

이스라엘에서 최초로 문을 연 키부츠 Dgania A에 있는 이 박물관은 초기 키부츠 사람들이 어떻게 농사를 지었는지 그 역사를 소개하고 있다.

입장시간   일요일~목요일, 공휴일 09:00-15:00 | 금요일 10:00-13:00

주소       Kibbutz Dganiya A

전화       04-675-0040


# 171 Hanita Museum and Antiquites

6세기에서 7세기의 비잔틴 시대 교회를 발굴해서 복구해 냈다.

입장시간   매일 09:00-14:30

주소       Kibbutz Hanita

전화       04-985-9677

# 172 House of the Anchors, Fishing Museum

갈릴리 호수에서 고기를 잡던 어부에 관한 모든 것들이 전시되고 있는 작은 박물관으로 그물이나 닻, 고기 잡는 어구 등이 전시되고 있다.

입장시간 예약 후 방문

주소     Kibbutz Ein Gev (갈릴리 호수)

전화     04-665-8998


# 173 Israel Bible Museum

성경을 소재로 한 각종 그림과 조각품 등이 전시되고 있다.

입장시간 일요일~목요일 10:00-14:00

주소     Safed(Zefat)

전화     04-699-9972


# 174 Kfar Tavor Village Museum

다볼산에 있는 박물관으로 이 지역에서의 초기 유대인 정착민들의 생활상을 볼 수 있다.

입장시간 일요일~금요일 9:00-14:00 | 토요일 및 공휴일 10:00-15:00

주소     POB 321, Kfar Tavor, 15241

전화     04-676-5844

# 175 Kinneret Museum

모샤브(유대인 집성촌) Kinneret은 1908년에 시작되어 이스라엘에서 첫 번째 현대식 병워이 들어선 곳으로 현재는 유대인 정착에 관한 사진과 문서등 다양한 것들을 전시하고 있다.

입장시간    일요일~목요일 09:00-14:00

주소         Moshava Kinneret

전화         04-675-1172


# 176 Kiryat Shemona History Museum

과거 이슬람 사원이었던 곳에 Kiryat Shemona 지역에서 살던 유대인들의 생활상을 전시해 놓고 있다.

입장시간    일요일~목요일 08:00-12:00

주소         26 Hayarden St., Kiryat Shemona

전화         04-694-0135


# 177 Knights Banqueting Halls - Acre

십자군시대의 병원과 갱도 등 초기 고딕 양식의 건물을 볼 수가 있다.

입장시간    일요일~목요일 08:30-17:00 | 금요일 08:30-14:00 | 토요일 09:00-17:00

주소         Acre (Akko)

전화         04-991-0251

# 178 Lavon Sculpture Garden

Ilan Averbuch, Shlomo Schwarzberg, Achiam, Amos Kenan 등 이스라엘의 유명한 작가들의 조각품들이 정원에 전시되고 있다.

입장시간   예약 시에만 방문 가능

주소       Lavon / Tefen-Carmiel RoAD

전화       04-987-2022

# 179 Liebermann House

영국 통치 기간에서부터 오늘날까지 Nahariya 지역의 역사를 Liebermann의 집에 전시해 놓았다.

입장시간   일요일~목요일 9:00-13:00(월요일, 수요일 16:00-19:00에도 방문 가능)

             토요일 10:00-14:00

주소       21 Hagdud St., Nahariya

전화       04-982-1516

# 180 Man in the Galilee Museum - Yigal Allon Centre

갈릴리 호수의 Ginosar 키부츠에 있는 박물관으로 예수님 당시에 갈릴리 호수를 떠다니던 나무배를 발굴 복원 전시하고 있다.

입장시간   일요일~목요일 08:30-16:00 | 금요일 08:30-13:00 | 토요일 08:30-16:00

주소       Kibbutz Ginosar

전화      04-672-7700

# 181 Medicine and Pioneers Museum

유대인 정착촌에 관한 것과 그 당시 의료 기관에 관한 것들을 전시하고 있다.

입장시간   일요일~목요일 08:30-15:30 | 금요일 08:30-13:00 | 토요일 10:00-14:00

주소      Menahimiya / 갈릴리와 벳샨 사이

전화      04-675-1019

# 182 Memorial Museum of Hungarian Speaking Jewry

헝가리와 슬로바키아 공화국, 카르파티아 산맥, 러시아 등지에서 살던 유대인들의 삶을 보여 준다.

입장시간   일요일~금요일 09:00 - 13:00

주소      Kikar Haazmaut, Safed

전화      04-692-5881

# 183 Mishkan LeOmanut, Ein Harod

이스라엘 골짜기와 길보아 산을 전망할 수 있는 이스라엘 북쪽 지역에서 가장 큰 박물관으로 각종 회화작품과 조각품, 사진들이 전시되고 있다.

입장시간   일요일~목요일 09:00-16:30 | 금요일 09:00-13:30

             토요일 및 공휴일 10:00-16:30

주소      Kibbutz Ein Harod 18965

전화      04-648-5701

# 184 Museum "Dubrovin Estate"

115년 전 러시아에서 온 Dubrovins의 집을 복원하여 그 당시 러시아 유대인들의 삶을 볼 수 있도록 그릇과 가구, 옷 등을 그대로 전시하고 있다.

입장시간    월요일~토요일 09:00-17:00

주소      Moshav Yisod Hamaala / Rosh-Pina and Kiryat Shemona 사이

전화      04-693-7371

# 185 Museum "Wall and Tower" - kibbutz Nir David

Nir David 키부츠에 있는 박물관으로 20세기 초 유대인의 정착지 모형과 각종 사진, 문서들을 전시하고 있다.

입장시간    일요일~목요일 08:30-15:30 | 금요일 08:30-13:00 | 토요일 10:00-14:00

주소      Kibbutz Nir David

전화 04-658-6219

# 186 Museum of Golani Division Heroism

이스라엘의 독립전쟁 때 수많은 희생자를 만들었던 골라니 여단의 치열한 전투 현장이 야외 박물관으로 바뀌었다.

입장시간  일요일~목요일 09:00-16:00 | 금요일 09:00-13:00 | 토요일 09:00-17:00

주소  Golani junction

전화  04-676-7215

# 187 Museum of Photography

Tel Hai 공업단지 안에 있는 사진 박물관으로 현대 이스라엘 사진작가들의 작품과 오래된 카메라에서부터 현대 최신 기종에 이르기까지 갖가지 카메라를 전시하고 있다.

입장시간  일요일~목요일 08:00-16:00 | 금요일 10:00-14:00

　　　　　토요일 및 공휴일 10:00-17:00

주소  Kibbutz Tel-Hai / Industrial Area

전화  04-681-6700

# 188 Museum of Pioneer Settlement

이스라엘 골짜기의 키부츠 Yifat에 있는 박물관으로 유대인 정착촌에 관한 유물들이 전시되고 있다.

입장시간  일요일~목요일 08:00-15:00 | 토요일 및 공휴일 11:00-14:00

주소  Kibbutz Ifat

전화  04-654-8974

# 189 Museum of Prehistory

Chaula 골짜기에서 발굴된 선사시대 유물, 특히 50만 년 전 유물서부터 만 2천 년 전의 동물뼈와 각종 석기들이 전시되고 있다.

입장시간   일요일~목요일 09:00-12:00

주소       Kibbutz Ma'ayan Baruch / Upper Galilee

전화       04-695-4611


# 190 Museum of Regional and Mediterranean Archaeology

지중해변에서 발굴된 청동기 시대의 유물과 벳샨에서 발굴된 유물을 전시하고 있다.

입장시간   일요일~목요일 09:00-14:00 | 토요일 및 공휴일 10:00- 14:00

주소       Gan Hashlosha (Nir David) 19150 / Galilee

전화       04-658-6352


# 191 Museum of the Underground prisoners

아코의 지하 감옥을 복구해서 박물관으로 꾸며 놓았다.

입장시간   일요일~목요일 09:00-17:00 | 금요일 09:00-13:00

주소       Acre (Akko) / Old city

전화       04-991-8264

## 192 Museum of Yarmukian Culture

야르묵강 주변에서 발굴된 7천 5백 년 전 신석기 시대의 고고학적 유물을 전시하고 있다.

입장시간　매일 09:00-12:00

주소　　　Kibbutz Shaar Hagolan

전화　　　04-667-7386


## 193 Old Gesher and Battle Museum

요단강 근처 Gesher 키부츠에는 이스라엘 독립 전쟁때 지하 대피소로 사용하던 곳이 있는데 이곳을 이 지역에서 발굴된 유물을 전시하는 박물관으로 바꾸어 놓았다.

입장시간　일요일~목요일, 토요일 10:00-16:00 | 금요일 09:00-13:00

주소　　　Kibbutz Gesher / Beit-Shean Valley

전화　　　04-675-3336

## 194 Tal Gallery in Kfar Vradim

Tal Gallery는 23세에 요절한 이스라엘의 유명한 화가를 기념하기 위한 미술관으로 이스라엘의 현대 예술을 전시하고 있다.

입장시간　화요일 17:00-19:00 | 토요일 및 공휴일 11:00-14:00

　　　　　예약 시 전화(054-754-2699)로 문의 가능

주소　　　Kfar Vradim, 74 Hazav street

전화    04-957-3933

# 195 Tefen Open Museum

갈릴리 서쪽에 있는 Tefen Industrial Park에 있는 이 박물관은 100여 개의 예술작품, 석기시대부터 현대까지의 유물들이 전시되고 있다.

입장시간  일요일~목요일 09:00-17:00 | 토요일 및 공휴일 10:00-17:00

주소    P.O.Box 1 Tefen 24959 / RoADno. 854 connecting Carmiel to Ma'alot

전화    04-910-9609

# 196 Tel-Hai Museum

이스라엘 북부 지역인 Tel Hai에서 발굴된 유물과 이곳에 유대인 정착촌을 만들기 위해 노력하던 Yosef Trumpeldor를 기념하는 박물관이다.

입장시간  월요일~목요일 09:00-16:00 | 금요일 11:00-13:00

주소    Kibbutz Tel-Hai

전화    04-695-1333

# 197 The Al Basha Bath (Turkish Bathes)

오스만 투르크 점령하에 사용하던 목욕탕을 그대로 복구해 냈다. 4백여 년 전 이곳의 사람들이 목욕탕에서 어떻게 사교활동을 했었는지 알 수 있다.

입장시간  일요일~목요일 09:00-17:00 | 금요일 09:00-14:00

주소     Acre (Akko) Old city, Gospitaler quarter, near South Wall

전화     04-991-0251

# 198 The Archaeological Museum of Hatzor

여호수아가 가나안 사람들에게 정복한 요새였던 Hazor에서 발굴된 유물들이 전시되어 있는 박물관으로 북부 이스라엘에서 가장 중요한 고고학적 장소이다.

입장시간   일요일~목요일, 토요일 08:00-17:00 | 금요일 08:00-16:00

주소     Kibbutz Ayelet Hashahar

전화     04-693-2111

# 199 The Farmer's House

이스라엘 북쪽 지역인 Metulla의 역사를 소개하는 박물관으로 이곳에 이스라엘 사람들이 어떻게 정착하며 마을을 만들어 냈는지를 각종 사진과 문서 등을 통해 한눈에 알 수 있다.

입장시간   일요일~목요일 16:00-18:00 | 토요일 17:00-19:00(여름 18:30-19:30)

주소     8 Harishon St., Metulla

전화     04-694-0283

# 200 The Holocaust and Resistance Museum

키부츠 Lohamey Hagetaot에 있는 것으로 유대인의 홀로코스트 사건에 대해 전시하고 있다.

입장시간   일요일~목요일 09:00-16:00 | 금요일 09:00-13:00 | 토요일 10:00-17:00

주소   Kibbutz Lohamey Hagetaot

위치   Haifa and Acre (Akko) 사이

전화   04-995-8080


# 201 The Kinneret Courtyard

1908년 설립된 Kinneret Courtyard는 유대인들이 팔레스타인으로 돌아온 뒤 집단 농장을 이루며 살아가던 곳이었다.

입장시간   일요일~목요일 09:00 - 17:00 | 금요일 09:00 - 14:00 | 토요일 10:00 - 17:00

주소   The Kinneret Court, p.o.b. 1173, Moshav Kinneret 15105

전화   04-670-9117


# 202 The Lieberman Heritage Museum

이스라엘 Nahariya 지역의 역사와 예술품 그리고 서쪽 갈릴리 지역의 고고학적인 유물들을 전시하고 있다.

입장시간   일요일 09:00-16:00 | 토요일 10:00-14:00

　　　　　월요일~목요일09:00-13:00(월요일, 수요일 16:00-19:00에도 가능)

　　　　　단체는 예약

주소    Gdud 21 str., Nahariya

전화    04-982-1516

# 203 The Music Box of Zami

세계 50개국에서 수집한 160여 개의 관악기와 타악기, 피아노와 오르간 등 악기
들을 전시하고 있다.

입장시간   예약 방문만 가능

주소    5 Mitzpe Emek aHula St., Metula

전화    04-699-7073

# 204 The Visitors center in Bethlehem of Galilee

성전 시대 때의 모습을 설명한 그림과 그 외의 것들을 전시하고 있다.

입장시간   예약 방문만 가능

주소    Bethlehem Ha-Glilit

전화    04-953-2901

# 205 Trumpeldor House

Trumpeldor는 유대인 출신으로 최초의 러시아 장교였지만 Tel Hai 근처 전투에서 전사했는데 그의 집을 현재는 박물관으로 개조해서 공개하고 있다.

입장시간  예약 방문만 가능

주소      Kibbutz Tel Yosef

전화      052-349-3586

네게브, 하이파 지역

# 206 Abraham's Well Museum

아브라함이 아비멜렉에게 양 일곱 마리를 주고 확보했다는 우물이 보존되고 있는데 그곳에 네게브 지역의 유목민들의 생활상을 보여주는 박물관이 함께 있다.

입장시간    일요일~목요일 08:00-16:00 | 금요일 08:00-12:00

주소        1 Dereh Hevron St., Beer-Sheva

전화        08-623-4613


# 207 ArADVisitors Center

이스라엘 네게브 사막에 있는 마사다와 에돔 등지에서 서식하는 동물과 식물에 대해서 소개하고 있다.

입장시간    일요일~목요일 09:00-17:00 | 토요일 09:00-14:30

주소        28 Ben Yair St., ArAD

전화        08-995-4409


# 208 Ashdod Museum

옛날 블레셋의 다섯 방백도시 중에 하나였던 아스돗의 역사와 이스라엘 화가의 작품들이 전시되어 있다.

입장시간    일요일~목요일 09:00-16:00 | 토요일 및 공휴일 10:30-13:00

주소        16 Hashayatim St., Ashdod

전화        08-854-3092

# 209 Ashdod Museum of Art - Monart Centre

이스라엘 작가와 해외의 유명한 작가들의 회화 작품 등 각종 예술 작품들이 전시되어 있다.

입장시간 　월요일~목요일 10:00-16:00(화요일은 20:00까지)

　　　　　금요일, 토요일 10:30-13:30

주소 　　　Derekh Ha-Aretz str., 8, Ashdod

전화 　　　08-854-5180


# 210 Beit Hativat Givati Museum

독립전쟁의 마지막 전투가 있었던 이 지역의 전투 역사를 설명해 준다.

입장시간 　일요일~목요일 09:00-15:00 | 금요일 09:00-13:00

주소 　　　Southern Lahish /Ashdod 와 Kiryat-Gat 사이

전화 　　　08-675-8272


# 211 Ben-Gurion's Desert Home

이스라엘 첫 번째 총리였던 벤 구리온이 공직에서 은퇴한 뒤 말년을 보내던 생가를 그대로 보존해서 박물관으로 꾸며 놓았다.

입장시간 　일요일~목요일 08:30-16:00 | 금요일 08:30-14:00

　　　　　토요일 및 공휴일 10:00-16:00

주소 　　　Kibbutz Sde Boker

전화      08-656-0469

## 212 Ekron Museum

과거 블레셋 사람들의 이야기를 테마로 하는 박물관으로 고고학적 유물을 전시
하고 있다.

입장시간   일요일~목요일 08:00-16:00 | 금요일 08:00-12:00

주소      Kibbutz Revadim / Sorek Valley

전화      08-858-8913

## 213 Geological Museum (Mitzpe Ramon)

네게브 사막의 미츠페 라몬이라는 곳은 특이한 지형을 갖고 있는 것으로 유명하
다. 그곳의 지질학에 관한 정보를 소개하는 박물관이다.

입장시간   매일 08:00-17:00(금요일 08:00-16:00)

주소      Mitzpe Ramon

전화      08-658-8691

## 214 Havayeda, Kiryat Gat

유치원과 초등학생들을 위해서 과학, 자연, 기술 등에 대해서 직접 체험하면서
공부할 수 있도록 꾸며 놓은 박물관으로 규모는 크지 않지만 아이들에게는 흥미
로운 곳이다.

입장시간   일요일~목요일 09:00-13:00, 16:00-18:00(여름에는 19:00까지)

주소        48 Shderot Lachish, Kiryat Gat

전화        08-688-3327


## 215 House of the Scribe (kibbutz Almog)

2천 년 전 쿰란지역에서 살던 에세네파들이 어떻게 성경을 두루마리에 적었는지를 보여 주는 박물관이다.

입장시간   예약 방문만 가능

주소        Kibbutz Almog / northern coast of the DeADSea

전화        02-994-5200


## 216 Israeli Air Force Museum

이스라엘 공군 전투기를 포함하여 헬기까지 항공분야를 총망라하는 공군기 박물관으로 20대 이상의 비행기가 전시되어 있다.

입장시간   일요일~목요일 08:00-17:00 | 금요일 08:00-13:00

주소        Hatzerim Air Force Base

전화        08-990-6853


## 217 Joe Alon Center - The Bedouin Culture Museum

이스라엘 공군이었던 Joe Alon을 기념하기 위한 박물관과 네게브 지역에 살고 있는 베두인들의 생활상을 볼 수 있도록 갖가지 물건과 미니어처로 설명하는 박물관이 함께 있다.

입장시간  일요일~목요일 08:30-17:00 | 금요일 08:30-14:00

주소  Near kibbutz Lahav

전화  08-991-3322


## 218 Kibbutz Yad-Mordehai Museum - "From Holocaust to Revival"

Yad-Mordehai는 네게브 사막에 첫 번째로 만든 키부츠였는데 독립선언 후에 이집트로부터 공격을 받아 파괴되는 아픈 역사를 가진 이야기를 박물관으로 만들어 기념하고 있다.

입장시간  일요일~목요일, 토요일 10:00-16:00 | 금요일 및 공휴일 10:00-14:00

주소  Kibbutz YADMordehay

전화  08-672-0528


## 219 Mitzpe Revivim Museum

1943년에서 1948년 사이 네게브에 있었던 유대인 정착마을의 역사를 소개하는 박물관으로 사막에서 힘겹게 살아갔던 그들의 모습을 생생하게 만날 수 있다.

입장시간  일요일~목요일 08:00-16:00 | 금요일 08:00-12:00

주소  Kibbutz Revevim

전화  08-656-2570

# 220 Museum of Fighting Glory in memory of David Mudrik

Dimona 지역에 사는 유대인들의 기금으로 만들어진 이 박물관은 세계 2차 대전 당시 유대인 포로와 관련된 유품들 그리고 우크라이나에서 게릴라 활동을 펼치던 유대인과 관련된 것들이 전시되고 있다.

입장시간  일요일, 목요일 17:00-19:00 | 화요일 10:00-12:00

주소  Hadas Street 14 , Dimona

전화  08-655-6236

# 221 Museum of Negev

1906년에 건축된 건물에 1953년 박물관으로 새단장을 해서 개장을 했다. 이 박물관에서는 현대 이스라엘의 예술작품들이 전시되고 있다.

입장시간  월요일~목요일 10:00-16:00(수요일은 12:00-19:00)

금요일~토요일 10:00-14:00

주소  60 Ha'atzmaut Road, Beer-Sheva

전화  08-699-3535

# 222 Muzoologi

이스라엘 최고의 동물 박물관으로 전 세계에서 수집한 동물, 새, 포유류 등 11,000개의 전시품이 있다. 특히 바다거북이와 돌고래 등의 뼈와 각종 연체동물들도 함께 전시되고 있다.

입장시간　일요일~목요일, 토요일 10:00-16:00 | 금요일 10:00-14:00

주소　　　Zoo garden, kibbutz Magen, postal code 85465

전화　　　08-998-3039

# 223 Omer Open Museum

1995년에 문을 연 야외박물관으로 예술과 기술이 접목된 갖가지 작품들이 정원
에 전시되어 있다.

입장시간　일요일~목요일 09:00-16:00 | 토요일 10:00-17:00

주소　　　P.O.Box 3001, Omer Industrial Park, Israel, 84965

전화　　　08-649-2692

# 224 Stronghold Opposite Gaza

독립 전쟁 당시 이집트 군인들과 전투를 할 때 유일하게 보존된 건물을 박물관으
로 바꿔 놓았다.

입장시간　일요일~목요일 08:00-16:00 | 금요일 08:00-13:00

주소　　　Kibbutz Sa'AD

전화　　　08-680-0267

# 225 The Carlsberg-Israel Visitor Center

칼스버그 맥주의 생산과정과 회사의 발전과정을 설명해 놓은 기업 박물관이다.

입장시간   월요일~목요일 09:00-16:00

주소       5 Bar Lev Avenue, Southern Industrial Area, Ashkelon

전화       08-674-0727

# 226 The Glass Museum of ArAD

유리를 이용한 각종 예술작품을 테마로 하는 박물관으로 아름답고 특이한 형태의 작품들이 많이 전시되어 있다. 찾아가기 힘들지만 일단 박물관 안으로 들어가는 순간 환상적인 작품들이 기다리고 있다. 관객들을 위해 유리 공예 제작을 가르치기도 한다.

입장시간   일요일~수요일 10:00 - 13:00 | 목요일, 토요일 10:00 - 14:00

주소       Sedan str. 11, ArAD

전화       8-995-3388

# 227 The Open Museum in Kibbutz Negba

독립 전쟁 때 밀려오는 천여 명의 이집트 군인들을 상대로 150여명의 유대인들이 전투를 벌여 노획한 이집트 군인의 탱크와 그때 당시 입었던 상혼을 그대로 보존하여 박물관으로 만들었다.

입장시간   매일 08:00-20:00

주소       Kibbutz Negba

전화       08-677-4312